幻妖桐の葉おとし

FutArO
YaMada

山田風太郎

P+D
BOOKS
小学館

目次

幻妖桐の葉おとし ――――― 5
数珠かけ伝法 ――――― 75
行燈浮世之介 ――――― 101
変化城 ――――― 143
乞食八万騎 ――――― 215
首 ――――― 283

幻妖桐の葉おとし

桐七葉

――これだけの人が一座に会することは、もはやこのさきあるまい。いや、いまでさえ、もし招待者が余人であったらとうていのぞめないことである。

招かれた七人の武将が、この茶亭でおたがいの顔をみて、はっとしたくらいであった。――とくに、そのなかのひとり、修験者《しゅげんしゃ》のみなりをした老人の正体を何者と知って、ものに動ぜぬあとの六人が、思わずあっと口の中でさけんだ。

「真田《さなだ》一翁でござる。お見忘れか？」

と、その老人は、なかのひとりに挨拶《あいさつ》してからからと笑ったが、これはいうまでもなく、元真田安房守昌幸《あわのかみまさゆき》、関ケ原の合戦に際し、東山道を西上する秀忠《ひでただ》の大軍を上田城にさえぎった罪で、爾来《じらい》十一年間、紀州九度山に蟄居《ちっきょ》しているはずの人物だが、不敵にも、大御所家康がげんに上洛し、徳川勢の充満しているはずのこの京に、なんのためか飄然《ひょうぜん》とあらわれたとみえる。

あとの六人も、いずれもそれにおとらず豊家恩顧の遺臣ばかりだった。

元豊臣家の中老職、いまは出雲国隠岐《いずものくにおき》二十四万石の堀尾吉晴《ほりおよしはる》。

小牧長久手《こまきながくて》の戦いに、太閤《たいこう》のために忠死をとげた猛将池田勝入斎《しょうにゅうさい》の子、いま播磨《はりま》八十九万石の池田少将輝政《てるまさ》。
それから、加藤肥後守清正《ひごのかみきよまさ》。これは説明するまでもない。
いちばん上座にいる人は、加賀百二十万石の前田中納言利長《ちゅうなごんとしなが》で、太閤終世の心友、その死
なんとして、一子秀頼《ひでより》を託した利家《としいえ》の子だ。
あとの二人、浅野弾正少弼長政《だんじょうしょうひつながまさ》と幸長《ゆきなが》父子、子の幸長は清正とともに籠城した蔚山《ウルサン》の勇将
として名高いし、父の長政は、豊家五奉行の筆頭であったのみならず――きょうの招待者の義
兄にあたる。
十指のゆびさすところ、これはいま落日の豊臣家にとって、えりぬきの忠臣たちであった。
――とくに、この五日ばかりまえ、二条城における大御所と秀頼の会見に、秀頼に侍《じ》して往
来した清正は、いまあらためてこのやしきの主にそのときの状況をきかされて、
「されば、清正しあわせにも冥加《みようが》にかない、殿下のご厚意にいささか報《むく》いえて本望でござる。
……もし、二条において、大御所さま、秀頼さまをないがしろにあそばすようなふし、あいみ
えたるときは、清正も無腰でござれば――」
と、肌のおくからひとふりの懐剣をとりだして、
「これにて大御所さまのお命ちょうだいせんと覚悟をきめておりましたが、まずつつがなく大
坂へご帰城あそばし、重畳《ちょうじょう》しごくにぞんじまする」

「その刀をこれへ」

と、主は、掌にうけとって、じっと見つめていたが、ふと刃のうえにハラハラと涙がおちた。

「肥後、苦労をかけましたのう。……おお、みれば、そなたの髪にも、この一ト月ばかりのあいだにめっきりと霜がふえたように見ゆる」

あとの六人の武将も、みんな落涙した。

七十歳になる大御所が、若き秀頼を擁する大坂城をのぞんで焦燥していることは、だれにも想像されることであった。こんど、突如上洛して、秀頼を二条城に呼びつけようとしたのは、秀頼の母・淀殿《よどどの》の反対を見越しての挑発だ。それを手切れの口実につかおうとする謀略であることはあきらかだった。

にもかかわらず、淀君は、案の定、それを拒否しようとした。秀頼にまみえたくば、大坂城へ臣礼をとってまいるがよいというのが、この信長の姪《めい》、秀吉の愛妾《あいしょう》の自負であった。のみならず、万一のことをおそれる母らしい心痛もあった。会見にことよせて、ふいに襲って討つ。これをしものという。戦国の世にありふれた奸策《かんさく》である。

この拒否は、家康の思うつぼだった。そうと見ぬいて、二条城の会見をぶじしとげさせたのは、ここにいる清正、幸長をはじめとする忠臣たちの惨澹《さんたん》たる奔走によるものだった。

ほとんど生涯を酷烈な戦陣のうちにすごしたこれらの勇将たちのレアリスチックな眼は、高慢な淀君や、そのとりまきの大野一派などにはまだよくわからないらしい時運のうつりかわりや、敵の巨大さをしかと直視していた。

沈痛に、清正はいう。

「秀頼さまのおんいたわしさ、胸もさけるようでござれど、ただここ数年は……大御所さまのお手出しにおのりあそばしてはなりませぬ。ただ、気軽う、柳に風とうけながしておらるるこそ——」

「豊家のおんながらえさせたもうただひとつの路」

と、まだ五十になったばかりなのに、亡父ににて老実な声で前田利長がいう。

「年でござる。大御所さまも百までは生きられまい。この二、三年、めっきりと弱られたようでござるが」

と、皮肉な眼で微笑したのは真田昌幸だ。

「三日ばかりまえ、この京にだれやら落書したものがあったともうすではござりませぬか。——御所柿《ごしょがき》はひとり熟しておちにけり、木の下にいてひろう秀頼——とな、あはははは」

この人々が一堂にあつまったときいては、徳川のほうも深刻な眼をひからせるにちがいないが、あるいは家康だけは平然としているかもしれぬ。叛骨《はんこつ》りょうりょうたる真田一翁はべつとして、あとの六人は、いずれも豊家と徳川家との関係を平和に、安泰におくことだけが、豊臣をぶじたらしめる路と思い決していることを、よく知っているはずだからだった。いや、かつて眇《びょう》たる信濃の孤城に秀忠三万八千の大軍を翻弄《ほんろう》したこの老智将も、いまはその見解だけは他の六人と一致している。

そして、たとえ彼らに疑惑をぬぐいきれまいと、家康なら、彼らの招待者がだれであるかを知るならば、微笑してうなずくにちがいない。なぜなら、そのひとこそ、家康の人物をもっとも高く買っていることを、彼はよく知っているからだ。そしてまた、徹底した女性軽蔑論者である家康が、この世でもっとも高く買っているただひとりの女性がそのひとであった。

この京都三本木にひっそりと住んで、あけくれ太閤の冥福をいのる高台院湖月尼公《こうだいいんこげつにこう》。

すなわち、もと北政所《きたのまんどころ》。——寧子《ねね》。

太閤城絵図

女にかけてはまったく眼がなく、またいわゆる天下人の鉄腕をもって、おのれの欲する美女をおのれの欲するときに漁《あさ》りとった太閤秀吉、むろん、そのなかでもっとも寵愛《ちょうあい》したのは、いま遺孤《いこ》秀頼を抱いて大坂城にある淀君だが、そのわがままな秀吉でさえ、「そもじにつづき候ては、淀のもの、われらの気に合い候」とはばかった正室の賢夫人。これはあたりまえだ。寧子は、秀吉がまだ織田家の軽輩藤吉郎時代から、関白になりあがるまでの疾風怒濤《しっぷうどとう》の幾十年を、ともになやみ、ともによろこんだ文字どおり糟糠《そうこう》の妻だから。

もとより、彼女は、太閤の正夫人として、毫《ごう》もその位をはずかしめない。むしろ、ややもうろくぎみの晩年の秀吉よりも、諸大名の信頼をうけたくらいで、なかでも、いわゆる武将党は、淀君をとりまく石田、増田《ました》、長束《ながつか》らの文吏《ぶんり》党と異なり、ずっとむかしから彼女と苦楽をともにしているだけに、熱情的な北政所党だった。……ここによばれた七人の武将など、もっとも彼女を愛し、彼女に愛されたものの代表格である。

その北政所も、いまはもう髪も白い六十三の世捨人《よすてびと》だが、

「——家康どのをおこらせてはならぬ。そのことが、豊臣家のためじゃということが、淀どのにはわからぬのであろうか……」

と、ふかい吐息をもらす。

太閤死後、黄金と妄執《もうしゅう》の権化《ごんげ》のごとき大坂城をサラリと淀君にゆだね、ここ加茂の清冽《せいれつ》なせせらぎのきこえる三本木に隠栖《いんせい》するこの高潔な尼も、豊家のゆくすえを憂えるところだけは容易にすてきれぬとみえる。また、だれがそれを笑うことができるであろう。その豊家こそ、太閤とともに彼女がきずきあげたものなのだ。

「あいや、それがしらが生きておりますかぎりは！」

「淀のお方さまに、めったなことはおさせもうさぬ！」

七人の武将たちは、口々にさけびだしていた。渋紙いろの頬を、涙があらっている。大坂城をまもるのは、あさはかな淀君一党ではない。捨ておけば、彼らこそ豊臣家をほろぼすであろう。それを死力をつくし、精魂こめてふせぎとどめようとしているのは、この老尼と彼らの悲心苦忠なのであった。

湖月尼は、彼らをいとしげに見まわした。

「そなたらの苦心。……よい家来をもったと、さぞ殿下も地下でたよりにしておられるであろう。この尼も、この手をつかえて、くれぐれもよろしゅうたのみ入りますぞ。どうぞ、豊臣の家――秀頼どのを見すててたもるなや」

と、彼女は、老いた手をひざからすべらせた。七人の武将はすすり泣いた。清正のごときは、声をあげて号泣《ごうきゅう》した。

「さて、のう」

と湖月尼はあらたまって、

「きょう、そなたらにおいでをねがったは、ひとつ見てもらいたいものがあってのことじゃ。……ともうすは、殿下の世をお去りあそばす二日まえ、ひそかにこのわたしを呼んで手渡されたものがある」

「……ほ」

七人の大名は、思わず顔をあげた。

湖月尼は手をうった。

「これよ、あれをもってきや」

「はい」

やさしい声がして、唐紙障子がひらくと、美しい娘が、金蒔絵《きんまきえ》の手文庫をもってあらわれた。

湖月尼はそのなかから一枚の紙をとり出して、おしひらく。

七人は、頭をあつめて、じっと見入ったが、

「お……これは、城絵図ではござりませぬか」

「さいのう、いかにもこれは大坂の城の本丸。ところで、その隅にかいてある文字をみやい。

……わたしの字ではあるが、そのおり、殿下が口ずからおおせられたを書きとったもの」

本丸の絵図の右上の空白に、実にふしぎな文字がかいてあった。

「桐華《とうか》散《ち》ラントシテ桐葉《とうよう》コレヲ護《まも》ル、
乾《いぬい》ノ竜石《りゅうせき》ヲ三円ニ割リ、六斜ニ切リ、修羅車《しゅらぐるま》ヲ以テ引ケバ、風吹イテ難波《なにわ》ノ海ニ入ル。

桐華桐葉相抱《あいいだ》キテ海ヲ走リ、南隅《なんぐう》ノ春ニ逢ワン。

秘鑰《ひやく》紙背《しはい》ニ蔵ス、桐七葉ヲメグッテハジメテ現ワルベシ」

七人の武将は、茫然《ぼうぜん》と顔をあげた。

「これは……」

「わたしにもわからぬ。息もきれぎれにこれだけもうされたとき、徳川どの、毛利どの、宇喜《うき》多《た》どのらが、お召しによってまいられたのじゃ。それからあとは御悩重《ごのうおも》らせられて、もはやなにもうされなんだ……」

湖月尼の暗然たる眼が、急に澄んだ。

「されど、のちのち、この絵図、この文字をつらつらながめて、わたしはこうかんがえた」

「どう……？」

「この文字は……どうやら殿下は豊家にあやうき日あることを、あらかじめ知っておわしたことを物語るものではあるまいか。桐華散ラントシテ——という言葉はそうではあるまいか……」

「あいや、尼公さま！」

「待ちゃれ、不吉なことを申すようであれど、まずききゃれ。わたしのいうことは、まちがっておるやもしれぬ。しかとは申さぬ。が、殿下があのいまわのきわにのぞんで告げんとあそばしたは、万が一、大坂の城のおちるさい……その間道、ぬけみちのたぐいの秘密ではあるまいか？」

「──間道？」

「されば、風吹イテ難波ノ海ニ入ル、桐華桐葉相抱キテ海ヲ走リ……とは、その意味あいではあるまいかのう……」

「ま、まさか！　あのお城から海まで！」

と、清正はうなりだした。

「それがしら、お城づくりには精を出してござりまするが、さようなこと、耳にもきき及んだことはござらぬ！」

「ならば肥州、そなたはこの言葉をなんと解《と》かっしゃる？」

「…………」

「御悩乱《ごのうらん》のあまりのおんうわごととしては、あまりにも意味がありそうではないか。よいかや、周囲およそ三里、本朝無双の大城を築かせられた殿下でありますぞ。たとえ天をとび、地をつらぬく細工《さいく》をあそばしてもふしぎではないと思わぬかや」

「……それがしもさようにぞんずる」

と、うなずいたのは真田一翁昌幸。

「おお、そなたもさように思われるか。──ただ、かいもくわからぬは、乾ノ竜石ヲ三円ニ割リ、六斜ニ切リ、修羅車ヲ以テ引クという言葉」

「それは……その間道の入口のあけようではござりますまいか？」

「そのあけようが、そなた、この言葉でわかるかや」

「わかりませぬ。即座には、なんのことやら解けませぬが……」

「おお、さもあろう。築城算法《ちくじょうさんぽう》にくわしいそなたを、ひそかに九度山から呼んでこの座に加えたは、もしかすればそなたにきけばと思うてのことであったが、……さもあろう、日をかせばべつであろうが……」

「おそれ入ってござりまする。……なかなかもって、それがしごときに」

と、昌幸はあたまをさげて、そのままじっと考えこんでいる。

密使花一輪

「また、桐七葉とは」

と、湖月尼は七人の武将を見まわし、

「なにをさすのか、それもわかったような、わからぬような。もしそれが人を指すならば、豊家をまもってくれるものは、わずか七人にはとどまるまい。わたしはそう信じたい。いまあたまに浮かぶものにも、福島もあり、片桐《かたぎり》もある。なれど、福島も片桐も、おり悪しゅういま病んでおるとやら。それでわたしは、ともかくいま京にまいっておられるか、あるいは大坂、あるいはそのちかくにおられるそなたたちにおいでをたのみましたのじゃ」

「お心入れ、うれしゅうござる。かたじけのうござる」

と、浅野長政がうなずいた。

「さらば、その殿下のご遺言、ちょっとかきとどめてもちかえり、それがしどもも、よっく思案いたしてみようではござらぬか」

「あいや」

と、真田昌幸はなお首をかたむけたまま、

「秘密は、そのご遺言だけでござりましょうか?」

「なんともうされる?」

「その御絵図には、なんのからくりもござるまいか」

池田輝政があわてて絵図をとりあげて、つらつらながめ、またひかりに透かしてみた。昌幸ものぞきこんで、

「秘鑰紙背ニ蔵ス、とあるを、文字どおりに解するも愚かににたれど、この場合は、文言のみにてはあまりに難解のようにぞんぜられるが……絵図になにもふしぎなものはみえませぬか?」

「ない」

と、池田輝政はくびをふる。

「べつに……異なるものは見えぬようであるぞ」

そのとき、湖月尼がひざをすすめた。

「そのことじゃ。このごろ、何者やら、この絵図をねろうておるものがある……」

「えっ？」

「さきごろより、転々、そのかくし場所をかえておるゆえ、まだこのとおりぶじではあるが、かえたあとより、その絵図をもとめる影のような手が感ぜらるる。……たかが婆の隠居所、もはやわたしにはまもりきる自信がない。このたび、いそぎそなたらを呼びあつめたは、そのためなのじゃ……」

「それは――」

と、清正は、異様な表情で湖月尼を見あげ、

「徳川の……？」

「わたしにはわからぬ」

「いや、それは……大坂方かもしれぬ」

と、堀尾吉晴がうめいた。湖月尼はくびをたれて、

「大坂城の絵図じゃもの、大坂のものにわたしてやりたいはやまやまなれど……城にぬけみち

などあることをあの方々が知れば、なおいっそう徳川方のさそいにのるやもしれぬ。わたしはそれを案じるのじゃ」

湖月尼は顔をあげた。

「さて、そなたらを呼んだのは、ほかでもない。どなたか、この絵図をあずかってはくださるまいか？——そして、この謎を解いてもらいたいのじゃ」

「もし、そのあずかりびとが解けなんだら？」

と、昌幸がつぶやくようにいう。清正はみなを見まわし、

「一ト月をかぎり……それで解けなんだら、次にまわせばいかがであろう？」

「それはよいお考えでありましょう」

と、湖月尼は、わが意を得たようにつぶやいた。

「そうじゃ。ここに、わたしの手足となってうごいてくれる乙女がある。十の年からわたしのもとで育ててきた娘。天性利発。また武士にもおとらぬ、忠義一徹のものじゃ。——螢火《ほたるび》」

と、ふりかえられて、さっき手文庫をささげてきた娘が、耳たぶを染めて白い両手をつかえた。

「この螢火を絵図につけよう。七人のあいだを、この娘に絵図をはこばせるのじゃ」

みんな、くびをかしげて、螢火をみた。あまりにもあえかに、清純白菊のような美しさに、

この大役は、と不安になったらしい。——が、彼女はかがやく眼をあげて、
「お申しつけ、かしこまってございまする」
凜々《りんりん》としてこたえた。
「まちゃ」
と、湖月尼はひざをたたいて、
「万一の場合のために、おまえに守護の侍をふたりつけて進ぜる。……若輩なれど、これもわたしの信じておる男ども……伊賀の生まれ、安西隼人《あんざいはやと》、甲賀の生まれ、松葉小天治《まつばこてんじ》と申すもの。だれかある、安西隼人と松葉小天治をよんでたも」
と声をかけた。
そのあいだに、七人の武将は、城絵図をもちまわる順番のくじをひく。
第一番　浅野長政
第二番　真田昌幸
第三番　堀尾吉晴
第四番　加藤清正
第五番　池田輝政
第六番　浅野幸長

第七番　前田利長

浅野長政と幸長父子が同時でなかったのは、父はこのころ江戸に住み、子は和歌山にあったからだ。

そのとき、昌幸は、きっとしてふりかえった。

庭さきに、ふたりの男が平伏していた。その生まれが、甲賀伊賀ときいただけで、彼らの素姓はほぼわかる。密使の守護者に忍者をあてるとは、さすがに豊太閤夫人。

「隼人、小天治」

と、湖月尼はよんだ。ひくいが森厳な声で、

「仔細あって、螢火を旅へつかわす。……豊家の運命にかかわるものをもっておるのじゃ。……おまえら二人、力あわせて螢火をまもってたもれや」

「はっ」

ふたりは顔を見合わせ、螢火を見あげ、同時に顔が紅潮した。

湖月尼の気品にみちた片頬に、かすかな微笑みがよぎったようである。

浅野長政の死

二日おいて、浅野長政は、江戸へ帰府の旅についた。

大御所家康はなお京都にあったが、これより一足さきににげるがごとく京を去ったのは、大坂城の謎の秘図をいだいて、家康こそ知らね、長政としては微妙な警戒心、うしろめたさなどの感情がはたらいたせいもあった。

家康こそ知らね？——はたしてそうであったろうか？

「あっ……」

四日市の本陣、清水太兵衛方の外縁《そとえん》をシトシトとあるいてきたのは、れいの螢火という娘、突然、手にしていたものをさっと袖《そで》でおおうと、庭のほうをきっとみた。

ぱちっと、庭のむこうの樹立ちで、なにか木の折れたような、石のはねたような物音がした。

空に月のない夜だ。

——と、すぐ横のあたりから、風のごとくはしってきた二つの影。縁にたちすくんだ螢火をみて、ひとりはすぐ縁先にうずくまり、またひとりは、たちまち意を体して、樹立ちのほうへとんでゆく。いうまでもなく、これは湖月尼より、螢火守護を命ぜられた忍者、安西隼人と松葉小天治。

はしり去ったのは小天治で、それを見送った隼人が、闇中にどんな合図をうけとったか、

「仔細ござらぬ」

と、うなずくのに、螢火もほっとしたように気をとりなおして、袖のかげから小さな筐《はこ》をとり出して、しずしずとあゆみはじめた。

一灯のもとに、浅野長政は待ちかねていた。

京を発して三日め、馬上、乗物、もとより彼はたえずぶつぶつとあの奇怪な太閤の遺言をそらんじつづけている。――また、宿舎では、その絵図と管理人の螢火をまねきよせて、ためつすがめつ沈思にふけるのは夜々のことだ。

浅野弾正少弼長政、このとし、六十五歳であった。

彼は、もと織田家の弓衆、浅野又右衛門の伜《せがれ》で、寧子とは腹ちがいの兄にあたる。弥兵衛とよばれたむかしから、豊家五奉行の随一となるまで、彼は影のかたちにそうように、つねに秀吉の帷幕《いばく》にあった。秀吉が、その死せまるや、枕頭《ちんとう》にこの義兄をよんで、

「弥兵衛、そなたとわたしは兄弟のちぎりをむすんで、ともに天下を治めようとはかったの。その弟のわしが太閤となり、兄のそなたがわしの家来となったは、さぞ不本意ではあったろうが、これ運命というものじゃ。わしをうらんでくれまいぞ。どうぞ、わしの世を去ったあと、

五老五奉行相はかって秀頼のこと、くれぐれもたのんだぞよ……」

と、落涙してたのんだというのもゆえあるかなだ。

さればこそ、このたび秀頼が二条城にのりこんださい、彼の一子幸長が、いかに秀頼をまもったか――。

「浅野紀伊守、加藤肥後守両人は、秀頼さま御乗物両脇に、しょうぶ皮の立付、青き大なる竹杖をつき、徒歩にて秀頼公の袖へあたり候ほどちかくへ寄り候て、いずれも供いたさる」

と、家康へあてつけるほどの誠忠ぶりをみせて衆人を瞠目《どうもく》させたのも、もとよりこの父の子なればこそだ。

灯の下に、長政は、城絵図をひろげた。かたわらにつつましやかに螢火が坐っている。

わざと家臣を遠ざけているので、あたりは寂として、きこえるものは、明日わたる伊勢《いせ》の海の潮騒《しおさい》と、燭台の油のおとばかりだが、このあいだにも、ふたりの手練《てだ》れの忍者にまもられていることを知っている螢火の美しい眼には、なんの不安もない。

「……ううむ、乾ノ竜石ヲ三円ニ割リ、六斜ニ切リ……」

長政は、白髪に手をあててかんがえこむ。

「修羅車ヲ以テ引ケバ……」

そのときだ！　突如として、愕然《がくぜん》として螢火はたちあがった。舞う袖にあふられて、ぱっと灯がきえた。

「な、なにごとだっ？」

「殿さま！　矢が！」

闇のなかで、ふたりの声がもつれあったかと思うと、

「……うっ」

凄《すさま》じいうめき声とともに、たたみに重くたおれ伏す音。つづいて螢火がけたたましく、

「隼人さま！　小天治さま！」

呼びたてたときは、

「おう！」すでにふたりの忍者は、縁にはねあがっている。

「よいか、小天治！」

「ウム！」

かちっと隼人の手もとに火打石の音がすると、ぽうっと青い火がともった。忍者の早火、これは麻幹《おがら》のあたまに硫黄《いおう》をぬったもの。——浮きあがった小天治は、鍔《つば》の大きい忍者刀の柄に手をかけて。

が、障子はとじられたまま、なかはぶきみなほどしんとしている。

「螢火さま！」

「――おおっ、殿さま！」

きぬをさくような螢火のさけびがきこえたのは、障子の外のひかりをうけて、座敷の中になにをみとめたのか。たまらず松葉小天治は、さっと障子をひきあけた。

部屋のすみに、秘図をいだいて、螢火は立っていた。そして座敷のまんなかにうつ伏せに伏しているのは、浅野弾正少弼長政。――その胸とたたみのあいだからながれひろがるまっ黒な血。そして、みよ、背にかすかにみえるものすごい鏃《やじり》！

小天治と隼人はたちすくんだ。

「矢？」

「どこから？」

螢火は、足もとをみた。そこの柱の根もとにも、もう一本の矢がつき立って、ふるえている。その矢の角度をたどって彼女は恐怖の眼を宙にあげた。――庭むきの欄間《らんま》へ。

「矢は、あそこから入ってきました。一本めが、これ。二本めが、殿さまに……」

隼人と小天治は顔を見合わせた。茫然《ぼうぜん》、ともみえる表情だし、おたがいにおそろしい疑惑をたたえた眼いろにもみえる。

「浅野の殿がかかる非業《ひごう》のご最期をあそばすとは――」

「な、なんたる一大事――」

唇から、ようやくもれたのは、ばかのようなつぶやきのみだ。螢火はうごかぬ長政をながめ、また二人を見つめて、

「こうしていても、せんないこと。お二人、はやくにげてくださいまし。たとえ、湖月尼さまからの付人とはもうせ、浅野家の家臣でもないあなたたちが、夜中庭を徘徊《はいかい》していたと知れただけで、のっぴきならぬ疑いを受けましょう。湖月尼さまから託されたこの絵図を、あくまで次のお方へ――九度山の真田どのへおくりとどける大役があります。お二人とも、はやくこの場を去ってくださいまし。あとはわたしにまかせて――」

「ここを去って、どこへ?」

「さよう……石薬師《いしやくし》の宿《しゅく》で、お待ちくださいまし。明日、わたしもおいとまをねがって、ひとたび京へもどりましょう。この殿は尼公さまの御兄君、この大変をいそぎお知らせいたさねばなりませぬ」

ふたりは一礼したかと思うと、幻のように忽然《こつぜん》ときえる。

さすがに、湖月尼が見込んだ娘だ。そこまで見とどけて、はじめて本陣に鳴りわたるようなさけび声をたてた。

「一大事っ、一大事でございます。殿が――殿さまがっ――お出合いください。浅野さまのご家来衆！」

忍者巴

この夜、慶長十六年四月七日。

伊勢石薬師《いせいしやくし》は、四日市から京の方へ、二里二十七町の宿駅だ。ここにある石薬師寺のむかい、民家のうちに林がある。林のなかに範頼《のりより》の祠《やしろ》というものがある。源範頼《みなもとののりより》が上洛のさい、名馬生食《いけづき》の出たところはここであろうと、馬の鞭《むち》をさかしまに土に刺したら、それが木になり林になったという伝説をつたえる祠だ。

祠のくずれた甍《いらか》に、初夏の夕月が、うすくほそくかかっていた。

その祠の縁に腰うちかけて、螢火は、まえにうずくまる松葉小天治と安西隼人をじっとながめている。

「昨夜のこと、これより京の尼公さまに申しあげねばなりませぬなれど……」

彼女は眼をとじた。

「わたしにはわかりませぬ。……なぜ浅野弾正さまがお命をお失いあそばしたか……だれがあの矢をはなったか……わたしにはわかりませぬ……昨夜はうろたえのあまり、思わずお二人をおのがし申しましたが」

みひらいた螢火の眼に、恐怖の影が浮動した。

「庭に、まったく、あやしい影は見あたらなかったのでございましょうか」

「不覚ながら、それがしには」

と、小天治が頭をたれると、

「それがしは、矢うなりの音さえも……」

と、隼人も途方にくれた声をだす。

「でも、そのまえに——いまから思えば、庭でだれかが忍びあるくような物音がしたが、あれはなんでありましょう」

螢火は、まよいにまよう表情だ。

「だれが、なんのために、浅野の殿さまを失いまいらせたのか？……それは、この絵図がほしいためか、それとも、絵図の秘密を浅野さまに解かれるのをおそれるためか。……それにしても、おそろしいことです。尼公さまのおん兄君を……いいえ、豊臣家にとっての大忠臣であるばかりでなく、関東にとってもご信任あつい弾正さまを！」

隼人と小天治は、面目なげに顔を伏せたままだ。隼人はからだも大きくたくましく、小天治は名のとおり小柄で軽俊《けいしゅん》だが、おそれ入って、かしこまっている様子は、かならずしも螢火が尼公腹心の侍女であるせいばかりではないらしい。

「下手人は、大坂方か？……それとも、関東の手のものであろうか？」

ふたりに問うともおのれに問うともつかない螢火のつぶやきに、一瞬、隼人と小天治は、ぎらっとおたがいの眼を見合った。螢火は気づかなかったようだが、そこに眼にみえぬ火花が散ったようである。

突如、ふたりの忍者は、ぱっとうしろにはねとんだ。

「なにやつッ」

隼人がさけんだとき、小天治の手から手裏剣が、流星のように祠の屋根へとんでいった。

愕然《がくぜん》と螢火も身をおこす。隼人と小天治は、それっきりだまりこんで金縛《かなしば》りになったようにつっ立ったままだ。縁側からとびおりようとした螢火は、ふたりの忍者と屋根の上の何者かとのあいだに結ばれる闇黒の風炎《ふうえん》のごとき殺気にうたれてたちすくんだ。

小天治と隼人の眼は、甍の上に立つ黒い影をみていた。すっぽりかぶった忍者頭巾や、独特の筒袖にたっつけ袴《ばかま》――いうまでもなく彼らとおなじ忍者。しかも彼らが、いまだかつてめぐりあったことのないほどものすごい気迫をそなえた忍者だ！

その宙にあげたままの手に、さっき小天治がなげた手裏剣が、飛魚のようにとらえられていた。

「…………」

影は、声もなく笑ったようである。

そして、つぎの瞬間、実に無造作に、その手裏剣をポンと小天治のほうへ投げた。

「うぬかッ」

隼人の足が大地を蹴ったとみるまに、そのからだは虚空《こくう》にはねあがって、祠の屋根に立つ。

妖《あや》しい影は、忽然《こつぜん》ときえた。隼人の眼にもそうみえたほどの神技であったが、その影は、実に一丈五尺もある夕空を蝙蝠《こうもり》のように羽ばたいて横の林の枝にとんだのである。

「ま、待てッ」

さすがの隼人も、そうさけんだきり、茫然《ぼうぜん》として見送るばかり、影は梢から梢へ、ヒラヒラと颪のように舞って、もうはるかな木の葉を潮騒《しおさい》のように鳴らしていた。

真田昌幸の死

紀州九度山、真田屋敷の青葉に慈悲心鳥《じひしんちょう》が鳴く。

それにまじって、どこかで、機《はた》でもおるような物音がしていた。ここに浪居する真田一翁月《げつ》叟《そう》父子が案出した、いわゆる真田紐《さなだひも》の紐うちの細工《さいく》場があるのである。

「螢火どの、お祖父どのがお呼びです」

厩《うまや》のまえで、隼人、小天治とともに、馬を洗っている大入道と話していた螢火のところに、ことし十一になる昌幸の孫の大助が呼びにきた。

螢火は顔をかがやかせた。

いちど京にかえって、この九度山に螢火がきてから、もう一ト月以上になる。あの城絵図の謎を解く期間は一ト月かぎりという約束だから、もうその期限はすぎているはずで、先日から彼女は、次の堀尾吉晴のところへまわりたいと昌幸をうながしていたのだが、昌幸はどんな見込みがあるのか、もう二日、もう三日と、一日のばしにその絵図をはなそうとはしなかったのである。いそいでゆきかかった螢火は、またすぐたちもどった。

「三好、その月ノ輪に鞍《くら》をおけ。お祖父さま、いそぎ旅をなされるとのことじゃ」

と、命じている大助の声をきいたからである。

「えっ、一翁さまが旅へ？　どこに？」

「京へともうしておられたが」

「おともは？」

と、きいたのは、馬を洗っていた三好清海入道だ。

「わけあって、内密になさりたい御様子、ともはおまえひとりとのこと」

真田一翁が、京へゆく。京のどこへゆくのであろう。おそらく、三本木の高台院湖月尼公のところとしか考えられない。してみると、一翁はついに城絵図の秘密を解いたのであろうか？

螢火が、竹林につつまれた昌幸の隠居所にかけつけると、ちょうど障子をあけて、ひとりの小柄な男がすべり出てきたところだった。——この真田屋敷には、おそらく信州上田城のころからの旧臣であろう、たえずひそかに、山伏とか紐売りとかが出入りしているが、これも紐屋の風体の男だが、いままで見かけたことのない顔だ。どうやら、長い旅からいまかえってきたところらしい。

「大殿。……殿はいずれで？」

「月叟か。朝からお寺参りじゃ」

「いそぎお呼びいたしてまいりましょうか」

「いや、その要はない。いろいろとうるさい眼がある。京へまいるは、わしひとりでよい。ただ、例のこと、あとで月叟につたえておけ」

紐売りは、平伏してからたちあがった。おそろしくかるい身のこなしだ。ヒョイと螢火の顔をみて、なぜかニヤリと笑った。螢火はけげんな顔になった。はじめて会う男なのに、その笑顔がいやにいたずらっぽく、なれなれしい。

『豊国《ほうこく》大明神』とかいた軸のまえに、真田一翁昌幸は、例の城絵図をのぞきこんでいた。

真田昌幸、このとし、六十五歳であった。かつては音にきこえた信玄麾下《きか》の名将、信玄なきあとも、信濃の孤城ひとつに北条や徳川を翻弄《ほんろう》しつくした辣腕家《らつわんか》だが、さすがによる年波のゆえか、この乙女の使者をみる眼は、皺《しわ》のなかにおだやかだ。

「一翁さま、城絵図の謎、解かれてござりまするか？」

「いいや、解けぬ」

と、昌幸はくびをふった。しかも、彼は微笑している。

「ただ、湖月尼さまに、とりいそぎおたずねいたしたいことがある。それをうかがいに、わしはこれから京へまいる。……尼公さまのご返事しだいでは、あるいはその謎が解けるやもしれぬが――」

「さては、やっぱり、尼公さまのおんもとへ」

螢火は、ものといたげに一翁をふりあおいだが、この千軍万馬の老将の深淵《しんえん》のような眼をみると、その用をとうのは僭上《せんじょう》の沙汰《さた》だと気づいたのであろう、ただオロオロとして、

「それでは、この城絵図をおもちあそばして？」

「なに、これはもういらぬよ」

「では、わたくしは、それをもって大坂の堀尾さまのところへ」

「それも、わしの帰るまで待ちゃれ。……おそらくそなたの大坂行、その要もあるまいと思われるが――」

まばたきして見上げる螢火を、たちあがった一翁は見おろして、微笑しつつ、ふしぎなことをいった。

「わしも、あやういところで、浅野どのの二の舞いを演じるところであったよ。はははははは」

もとは上田城三万八千石の城主でも、いまはとにかく閑居《かんきょ》の隠士、しかも、年はとっても、身がるなのがこの老将の天性らしい。彼が、三好清海入道ただひとりを供に、月ノ輪という馬にまたがって、

「木ノ目峠へ——」

一鞭、飄々《ひょうひょう》と九度山を出ていったのは、それからまたたくまのことであった。うしろから、ねじりはちまきの清海入道が、砂けむりをあげ、韋駄天《いだてん》のごとくとんでゆく。

茫乎《ぼうこ》として、螢火はそのゆくえを見送っていたが、やがてしだいにうれいの翳《かげ》が、その白いひたいにさしてきた。

「あやういところで、浅野どのの二の舞いを——」

と、つぶやいてから、急に全身をしゅくっとこわばらせて、

「隼人さま、小天治さま！」

と、呼んだ。たちまちふたりの若い忍者がとんできて、騎士のごとくそのまえに立つ。

「いま、一翁さまが、京へおのぼりあそばした。木ノ目峠をこえてゆくとおおせられましたが、なにやら、胸さわぎがいたします。いそぎ追って、一翁さまをおまもりしてくださいまし！」

「うけたまわった！」

と、こたえると、隼人と小天治は、身を横に――蟹《かに》のような横歩き、いや、はやぶさか燕のように宙をとんで去る。

それと、ほとんど入れちがいに、門をぶらりと二人の男が入ってきた。

ひとりは、袖無羽織をきて、色白な、四十をちょっと出たかにみえる学者のような人物――むろん、螢火はよく知っている。その智謀は父にまさるといわれる伝心月叟《でんしんげっそう》、真田左衛門佐《さえもんのすけ》幸村だ。もうひとりは、さっきの紐売りの小男、おそらく、高野山《こうやさん》に上っていた幸村を呼びにいったものであろう。

「それで、父上は、城絵図についてなにも申されなんだか」

「べつに――」

と、小男はくびをひねって、

「ただ、ふいに恐ろしい眼を宙にすえなされて、なにやらご思案のていでございましたが、急にカラカラお笑いだしになりこの絵図、いっそ二つにひっ裂いて、あのふたりの隠密にくれてやったら面白かろうとおおせられました」

ちかづいてくるふたりの話し声を、きくともなくきいていた螢火は、はっと顔をあげた。

「もしっ、月叟さま!」

と、かけよって、

「はしたのうはございますが、いまちらと小耳にはさんだお言葉、気にかかってなりませぬ。あの絵図ひき裂いてくれてやればという二人の隠密とは?」

幸村はこたえず、紐売りが笑った。

「むろん、あの安西隼人と松葉小天治でござるよ」

「えっ」

「お女中、よっくお気をおつけなされ。あのふたり、いつから尼公さまのおふところに入ったか、しらべてみると、太閤さまのおかくれあそばした年からもう十三年、いずれも童《わっぱ》のころに、それぞれ縁故をたどって尼公さまおつきのご家来の養子やあとつぎとなったが、その縁を逆にたどれば、安西隼人は関東の智恵ぶくろ本多佐渡につながり、松葉小天治は大坂の大野修理《しゅり》につながる。その縁をたどるに、このわしは一ト月かけまわったのでござるよ」

「なんとおおせられます?――では、尼公さまは、そのことを」

「ごぞんじか、ごぞんじでないか、そこまではわからぬ」

それでは、一翁が京へ上ったのは、それをたしかめるためであろうか。

螢火の眼は、なにかを思いだすように、凝然とすわった。

「……よもや、と思ったが、それではあの四日市の本陣の夜のことは……」

と、色のない唇でつぶやいて、不安の波そのままに、肩がワナワナとふるえてきた。

「それがまことなら――」

森閑《しんかん》とした真田屋敷が、おそろしい変事の突発に震動したのは、それから数刻ののちだ。

「いち、一大事でござるッ」

血相かえてとびこんできた松葉小天治と安西隼人をさきぶれに、一翁を背負った三好清海入道が、汗と涙に海坊主みたいにぬれてかけもどってきた。

さすがの幸村も、これには驚倒して、声もしどろに、

「こ、こ、これは……三好ッ、いかがいたしたのだッ」

一翁は、すでにことされていた。顔に傷はないが、胸も、肩の骨も折れているらしい。おびただしい出血は、それだけで人の命をうばうに足るものだった。

「はっ、申しわけござりませぬ」

清海入道は号泣しながら、

「橋本から木ノ目峠にかかってまもなくでござる。いかにせしか月ノ輪が、呪術《じゅじゅつ》にかけられたかのごとくあばれだし、天馬のように狂奔《きょうほん》し去りました。それがし必死に追いかけましたが、

みるみる大殿をのせたまま峠の雲のなかへ消え去り――ふたたび見いだしたときは、断崖の下に、月ノ輪もろとも大殿はかくのごとき無残のご最期――」

「はて、月ノ輪が？」

「月ノ輪の死にざまよりみて、崖の上よりとびおりたに相違ござりませぬ。それを見いだしたのも、実にこれなるお二人が、さきにそれを見つけて、あとより追いのぼったそれがしを呼ばれたればこそ――」

「なに？　隼人どのと小天治どのが先に？」

と、けげんな顔で、螢火がふりむく。

ふたりは顔見合わせて、

「されば、われら両人、一翁さまを追う途中、興づいて走法競べをやったため、路なき路もとびつづけ、しらずしらず一翁さまより先に出たものとみえまする」

と、こもごもいった。が、ふと、蒼白な顔の螢火のうしろから、じろっとこちらをながめている紐売りの小男をみて、まばたきをし、妙な表情でのぞきかえしたが、いきなり、愕然ととびのいた。

「うっ、うぬは！」

「いつか、石薬師の祠の上で――」

小男は、するどい眼つきで、きざむようにいった。

「拙者は、ご当家の家来、猿飛佐助《さるとびさすけ》」

はっとして、螢火もふりかえる。

——あの怪人が、この男であったのか。真田家の家来が、あのころからじぶんたち一行をめぐり追っていたのか。その意味は——佐助の役割はなんだったのか?

思わずきびしいまなざしをむけた螢火にも気がつかぬげに腕ぐみをして、沈痛な眼を父のしかばねにおとしていた伝心月叟が、このとき、うめくようにいった。

「佐助。父上の謎々あそびを、笑ってすませぬことになったな。……こんどはわしが、あの絵図をひねって見ずばなるまい。——月ノ輪の狂乱が偶然のこととは思われぬ。父上をたおした魔手の正体をつきとめるためにものう……」

真田屋敷に、仏法僧《ぶっぽうそう》が鳴く。

この日、慶長十六年六月四日。

恋幻妖

淀《よど》の川波にさやぐ葦《あし》から、ぱっと水鳥のむれが舞い立った。流紋を矢のようにひいて、三十石船は下る。

いわゆる人のせ三十石船だから、ほかの過書船《かしょぶね》にくらべて荷はすくないが、その荷のなかに古い家財道具などがチラホラみえるところをみると、どうやらこの三月末、秀頼と家康の二条城会見のさい、すわ大坂と関東の手切れか、との流言におびえた大坂の下民らが、あわてて疎開した荷物を運びもどす余波がまだつづいているらしい。乗っている客も、一旗組の浪人風のものが多かった。

艫《とも》ちかい菰《こも》でくるんだ長持のかげに、螢火はもたれかかって、夏のひかりにみちた淀の風物をながめていたが、そのうら若い頬に、さすがにやつれがみえる。

――むりもない、九度山を去って、京にとどまることわずか三日、そのあいだ湖月尼公と密々になにやら話しあっていた螢火は、もうすこし休息してゆけという尼公の慰撫《いぶ》をふりきって、「いいえ、おくれました。さぞ堀尾さまお待ちかねでございましょう」と、またもやこの密使行に旅立ってきたのである。

その胸もとには、乳房と例の城絵図がある。

その両側に侍した安西隼人と松葉小天治は、じっと螢火の胸のふくらみを見つめては、はっとおたがいの顔を見合わせ、またあわてて蒼空に眼をそらすのだった。

「わからない。わたしにはわからない……」

と、螢火はふとつぶやいた。

「尼公さまのおこころが……」

ふたりの若い忍者は、ドキリとしたように、彼女の顔を見まもったが、螢火にじっと見かえされて、まばたきした。

螢火は、ついに思い決したように、

「おふた方におききしたいことがございます」

「な、なにを――」

「あなた方は、ほんとうにこの螢火をまもってくださるのでございましょうか?」

「も、もとよりでござる!」

「いいえ、あの尼公さまに、まことのご忠節をおつくしくださるお方でございましょうか?」

「な、なぜさようなことをおききなされる?」

これらの反問は、いずれもふたりの異口同音《いくどうおん》だった。

螢火は、その怒った四つの眼を、まぶしげもなく見かえして、

「ありていに申せば、わたくしは……おふたりをおうたがいいたしております。あの浅野弾正さまのご最期のおりも、解《げ》せぬことがございました。真田一翁さまのご最期にいたっては、いよいよ不審でなりません……」

「あいや!」

と、ふたりがさけびかえそうとするのをおさえて、

「それに、おふたりのご素姓については、思いがけぬことを知らせてくれた人もあります
……」

ふたりは、ドキリとしたようである。ややあって、安西隼人はしゃがれた声で、

「われわれの素姓とは……」

「隼人どのは関東の隠密、小天治どのは大坂の隠密と……」

「さ、さようなことを申したは、何者でござる?……そ、それは、拙者、父はたしかに……」

と、小天治はいいかけて、隼人に気づいて口ごもった。螢火はきっと見て、

「城絵図はここにございます。なぜ、かよわいわたくしを殺してそれをお奪いなされませぬ!」

「おことばではござれど、拙者、さようなつもりは毛頭ありませぬ!」

「拙者も!……とほうもないこと! それどころか、他の何ぴとにもそれをとらせてなりましょうや。螢火どのとこの絵図守護のこころは、八幡御照覧《ごしょうらん》!」

と、ふたりは頬を紅潮させてさけんだ。螢火はうなだれて、

「やはり、さようでございましたか? 尼公さまも、そうおおせでございました。……わたしの申しあげたあなた方のご素姓のこと、おききあそばすやお笑いになり、ぞんじておる、ぞん

じておる、ふたりともまだ乳くさい童のころより子飼いにした若者じゃもの。その素姓よく知らいでか。さようなことを洗いたてれば、いまわたしのもとに仕えておる侍、女房、ことごとく関東方か大坂方であろう。なれど、同時にみなわたしへの奉公に異心あろうとは思われぬ。もし、隼人、小天治に謀叛気《むほんぎ》あれば、どうしていままで城絵図をぶじに置こうぞ。また、そうと知って、この尼が、どうしてふたりをおまえの守り役につけようぞ。あのふたりにかぎって、尼はしかと信じておる。……とおおせあそばしました……」

「はっ……」

感動に眼をうるませるふたりに、螢火は両手をつかえ、

「もはや、螢火、あなた方への疑心はすてまする！　どうぞわたくしの大役ぶじ果たさせてくださりませ！」

「もとより、それははじめより心得ておりまする！」

「それにしても、わたくしにあなた方への素姓を告げ口した人がうらめしい……」

「そりゃ……何者でござる？」

「あの男です」

血相かえて顔ふりあげる隼人と小天治のまえに、螢火はゆびをあげて、

「えっ？」

おどろいてふたりは、ふりむいた。螢火が指さしたのは、船の外の淀のながれだ。

もはや枚方《ひらかた》をすぎて、守口《もりぐち》の船場にちかい。この三十石船とならんで上り下りする幾艘かの天道船《てんどうぶね》、青物船、手操舟《たぐりぶね》、くらわんか船などがみえるが、それはいまさらめずらしい風物ではない。

「あの茶船……伏見《ふしみ》からずっとついてきています……」

「あの船頭が……」

「たしかに、真田さまのところで会った猿飛という男、あの男は、なぜかわたくしたちが浅野さまのところにまいっておるころから、ずっとつきまとっているのです……」

「やっ？」

ふたりは、眼をむいて、その小舟に棹《さお》をあやつっている頬かぶりの男を見まもった。その男の恐るべきことは、身をもって知っているが——。

「まさか、きゃつが、浅野さまを？」

「一時はそう思いましたが、それでは一翁さまをお殺《あや》めした者がわからないのでございます」

「しかし、あやしいことはたしかにあやしい。よしっ、とにかくいちどひっとらえて、窮命《きゆうめい》してみようではござらぬか？」

「あなた方に、できますか？」

ちょっと、螢火が笑った。ふたりの若い忍者は、かっとなったらしい。つよい眼でうなずき合って、

「なに、ことと次第によってはぶった斬って！」

ふたりは豹《ひょう》のように身がまえた。小舟は、他意なげに寄りつ離れつして下ってゆく。――そこへ、ふたりは、同時にとぶつもりとみえた。棹さす猿飛の前後にとびおりて、一瞬に襲えば、天魔といえどものがれるすべはないはずであった。

「どうぞ、おふたりのお力、お見せくださいまし！」

螢火の激励の声にふるいたった隼人と小天治、次の瞬間、まるで二羽の飛燕《ひえん》のごとく空中へはねた。

おどろくべき光景の見られたのは、つぎの刹那《せつな》だ。無心に棹をあやつっていたその男は、こちらを見て、チラッと白い歯を見せた。同時にその身体が宙へ浮いて、棹を横にかまえたまま、ビューッと逆にこちらの舟へとんできたのだ。小天治と隼人はその棹にたたかれて、モンドリ打って水へおちた。

「あっ」

螢火の驚愕《きょうがく》のさけびに、人々がふりかえったときは、すでにふたりの、ドボーンと河にあげた一颯《いっさつ》の水けむりを見ただけで、この声なき忍者の奇怪な争闘を見たものはなかったろう。

「一別以来」

螢火のまえにトンと立って、頰かぶりをとりながら、猿飛佐助はニヤリと笑った。

「どうもたよりない護衛でござるな」

と、ふりかえる水面を、隼人と小天治は、ガバガバと岸のほうへおよいでゆく。螢火は、息つくのも忘れて、凝然と眼を見はったのみだ。

「伏見から、水をながめながめ、ずっと考えておりましたがな。湖月尼さまが、どうしてあのふたりを護衛におつけなされたか──」

佐助はケロリとして、こんなことをいいだした。

「さすがは豊太閤夫人！　関東の隠密と大坂の隠密を同時につけておけば、おたがいに相牽制して、城絵図の安泰なること、これアこれ以上のことはござるまいよ。ははははは」

「あなたは……」

と、螢火は肩で息をして、

「まだあのふたりをお疑いなのですか？」

「もちろん！」

「それにしても、……もしあのふたりが絵図を盗む気があれば、それくらいの機会はいくらでもありましたのに……」

「いや、機会があっても、ふたりはちょっと手がだせない」

「どうしてでございます?」

「あのふたり、あなたにぞッこん惚れておりますからな。役目と恋と——おたがいへの睨《にら》み合いと、ふたりともヘトヘトになっております。ははは、ひょッとしたら尼公さま、そこまでお見とおしかもしれぬ……」

螢火はまっ赤になって、佐助をにらんでいたが、

「あなたは、なんのために、わたくしたちのあとをおつけまわしになるのでございます? やはり、絵図をお望みなのでございますか?」

と、怒りの眼でとがめた。佐助は蒼い天を見た。

「いや、絵図はいりません。大殿を討ったのは、関東か、大坂か、それをつきとめなければ、冥途《めいど》にいって一翁さまに合わせる顔がござらぬ。またこの浮世で、六文銭の旗を、東の風か西風か、なびかせるのに途方にくれようと申すもの……」

堀尾吉晴の死

大坂城の築城は、ピラミッドとひとしく、いまの世にも奇蹟《きせき》である。

なかんずく、見事というよりふしぎなのは、その巨石の利用で、いまにのこる城塁のうちでも、天守の正面に、長さ約三十六尺、幅約三十六尺の巨石あり、長さ約四十二尺、幅約十五尺のものあり、大手門の正面にも約三十尺に十二尺余のものがある。

これらは遠く小豆島《しょうどしま》や御影山《みかげやま》から運んできたものと思われるが、まだ機械力というほどのものもなく、それほど浮力ある巨船のあったわけもなく、さればといって人力ばかりではいかんともしがたいものを、どうして運搬したものか、これを奇蹟といわずしてなんといおう。

まことに、これをみては、この城をつくった豊太閤の夫人すらが、「たとえ天をとび、地をつらぬく細工をあそばしてもふしぎはないお方」と讃嘆し、六十余州を掌握《しょうあく》した駿府の大御所が、秀頼一族よりこの城一つに夜の目もねむれないのもむりはない。

「乾ノ竜石ヲ三円ニ割リ……」

いま荘厳華麗《そうごんかれい》な落日に火の舞扇を重ねたようなその八重の大天守閣を見あげながら、西北の石垣の下を、堀尾吉晴はあるいていた。そのうしろに扈従《こじゅう》する十人ばかりの家臣にまじって、螢火と松葉小天治の姿もみえる。

ただ、安西隼人の顔がみえないのは、その素姓を関東の隠密だと告げられた彼を、それを信じる信じないは別として、さすがに螢火が遠慮させたものであろう。

むろん、堀尾吉晴にしても、名目は秀頼公のご機嫌うかがいということで城に入ってきたのだが、それをすませると、早速、乾《いぬい》の方——西北のあたりを徘徊《はいかい》しはじめたのは、いうまでもなくあの謎の城絵図を実地に解きたい望みがあってのことだ。

そのことを、淀君や大野治長《はるなが》たちは知っているのか、どうか。もし松葉小天治がその方面からの隠密なら、事前に告げていてしかるべきであるが、どうもそんな気配はない。気配はないようだが、太閤恩顧の武将のうち、親徳川派と目されている堀尾吉晴のふしんな行動には、大野一派はちょっとおちつかない様子だ。

しかし、さすがにこの音にきこえた老将の足をとらえる勇気のある者は、大坂城内にだれもいなかった。

堀尾茂助吉晴。このとき、六十九歳であった。

かれは、秀吉と同郷で、少年時代から、秀吉のなだたる荒小姓群、福島市松、加藤虎之助、片桐助作、加藤孫六らの首領株だった。あらゆる戦場を馳駆して、のち太閤三中老のひとりとなったが、三成一派の策動はかえって豊家をあやうくするものとして、これに同心しなかった。慶長五年、三河国で刈屋の水野和泉守《いずみのかみ》をたずねたさい、たまたまもとの美濃加賀井城主加賀井孫八郎も来り会して盃をかわし、日くれて吉晴は酔いねむった。そのとき加賀井孫八郎は、突如起って和泉守を斬り殺した。吉晴は太刀音に眼ざめて孫八郎と組みうち、これを刺し殺した。このとき和泉守の家臣がなだれをうってかけつけて、ふたつの死骸を見ると、主君を殺したのくこの豪勇ぶりを知る者もなかった。ここに吉晴はこれを制したがきかず、やむなくこの重囲の中を斬りぬけて去ったが、これが実に五十八のときのこと、もってその豪勇ぶりを知るべきである。――これほどの武勇の人でありながら、吉晴は生涯「手がらばなし」など、人に語ったことがないという、地味で沈毅《ちんき》な人がらだったから、とうてい大野修理など、文句のだしようがない。

いまは出雲国隠岐二十四万石の太守。

「乾ノ竜石ヲ三円ニ割リ……」

吉晴はくりかえす。

わからない。「六斜ニ切リ、修羅車ヲ以テ引ク」云々にいたっては、さらにわからない。しかし、この絵図だけひねりまわしてみてもどうにもならないことはあきらかだから、とにかくその「乾ノ竜石」なるものを探しだすことが先決だとかんがえたのである。

「乾といってもひろいわ。ここらあたりで、一番大きな石はどれじゃ？」

「これでござるが」

と、案内の武士が、傍の石垣を指さした。

「うむ。これか。……おお、これは大きい。大きいが、ほかの御影石《みかげいし》とはチトちがうようだな。ひびが入っておるではないか」

「されば、阿波《あわ》からきた石で――」

「なに、阿波――」

吉晴のあたまに、「風吹イテ難波ノ海ニ入ル。桐華桐葉相抱キテ海ヲ走リ、南隅ノ春ニ逢ワン」という言葉が浮かんだ。

吉晴の眼がひかった。石垣のすぐむこうに、桐の木のいただきがちょっぴりのぞいてみえたからだ。

「あれは、桐じゃな」

「されば、この外が馬場でござって、そこに大きな桐が一本ございます」

「よし！　そこへおりてみよう」

堀尾たちが下の馬場へおりてゆくのを追おうとして、螢火はふと立ちどまった。

「はて？」

「どうかなされてござるか」

と、松葉小天治がふりかえる。

「あそこの武者走りに……いまチラとみえた影が」

「えっ」

「あの猿飛と申す男のような」

小天治ははっとたちすくみ、その方をにらんだが、たちまちぎりっと歯をかんで、

「ふっ——不敵なやつ！」

うめくと、刀の柄をおさえて、宙を三度ほどとぶと、その姿をけした。

それから、ひと息かふた息つくほどのちである。突如として、その一画《いっかく》は凄《すさま》じい轟音《ごうおん》につつまれた。

例の巨大な阿波石が、どうしたはずみか、ぬけ出して、下の馬場へころがりおちていったのだ。馬場へ——その下には、堀尾吉晴一行がいた！

夕やけの空へ、砂塵《さじん》と名状しがたい絶叫の竜巻がたちのぼっていった。

上にいた螢火は、どこからか忽然ともどった松葉小天治を見た。はせもどった小天治は、悲鳴をあげながら下へかけおりようとしている螢火をみた。螢火の顔には血の気がなかった。

「もしや——もしや——堀尾さまは？」

馬場では、三人の人間が蛙のようにおしひしゃげ、血泥《ちどろ》でえがいた修羅図絵《しゅらずえ》の中で、茂助吉晴もうめいていた。下半身がおしつぶされたのである。

あとで、からくも助かった従者のひとりがいった。

「何がどうしたのやら、わけがわかりませぬ。殿が、あの阿波石を杖でおつつきあそばしたとたん、石がゆるぎ出し、まっさかさまにおちてきたのでございます……」

石のぬけおちたあとは、石のぬけたみにくいあとだけで、別に洞穴《ほらあな》もぬけ穴もなかった。

それを見聞にきた大野修理治長は、蒼い顔でひきかえしていったが、したり顔でこんなことを淀君にいった。

「そう申せば、あの石はひびが入って、まえまえよりあぶないなとはぞんじておりました。どうも阿波石は、御影石とちがって、板のようにわれやすく、また石と石とのつなぎめが粗雑なようでござる。……同様の性質は、紀伊、伊勢、志摩《しま》のあたりからきた石にも多いようです。このさい、いそぎ御影石につみかえねばなりますまいな……」

落日が、難波の海にしずむと同時に、一代の豪雄堀尾茂助吉晴の息もたえた。

この日、慶長十六年六月十七日。

加藤清正の死

浅野長政――真田昌幸――堀尾吉晴。

その三人の老武将の、不可解な、そして相つぐ死は、ようやく京大坂のちまたに、ぶきみな流言をたてはじめた。

それは当然だ。これらの三人は、いずれも、太閤恩顧の人々であり、同時に、徳川方がおのれの陣営にひきこもうと血まなこになっている人々である。いずれの側からみても、疑えば恐るべき敵の城壁と見え、信ずればたのもしい味方の楯《たて》と見えた。

「みな、大御所の眼のうえのこぶじゃ。きっと徳川の手がのびたにちがいない」

「そうではない。大坂方で、太閤さまのご恩を忘れて、関東に色眼をつかうのをにくんで、これを殺してのけたのじゃ」

さまざまな想像から、ヒョイと意外に真実にせまった噂もたつ。

「これらの方々の失せなさる前後、大坂方の隠密がウロウロしていたというぞ」

「いや、わしのきいたのは、関東の隠密じゃが」

しかし、だれもが、この三人の手をわたっていった太閤城絵図のことはいわなかった。いわないはずだ。だれもそんなことは知らないからだ。

そんな噂もあと白波と、その翌日には、もう瀬戸の海を西へいそぐ船に、謎を秘めた絵図を抱いた螢火と、ふたりの忍者の姿が見られた。

風雲の気みなぎる世で、そのたけだけしさはすべての人々の顔にもあらわれている時代であったが、それでも乗合いの客たちは、その娘と二人の若い男をつつむ異様にきびしい緊張の雰囲気をかんじて、あえてちかづこうともしない。

なにやらもののけのごとき妖気をこめた城絵図を抱いて、その恐怖と使命の重さに、じっと耐えているかのような美女螢火。それをウットリと見まもりつつ、おたがい同士はふかい疑惑にみちた視線をかわす隼人と小天治。

みえない三角の糸にひきしばられたような三人の頭上で、帆が風に鳴る。西へ、九州へ、肥後の国へ——。

夜、また昼。

そしてまた夜。——その暗い夜の海の上で、実に他のだれしもが想像もしなかった声とうごきが、帆のはためきにもつれていた。

「隼人さま、あなたを疑っておりましたのは、ほんとうに苦しゅうございました……」

女は、やるせなげな吐息をつく。

「なぜなら、わたしは、あなたさまが好きだったからでございます……」

「おお……」

男は、感動のうめきをあげる。手と手はしっかりにぎり合わされている。

「でも、あの堀尾さまがお亡くなりあそばしたさい……あなたは、お城の中においでではなかったのでございます。そう思い合わせてみれば、四日市の本陣で、浅野さまご落命のおりも、あなたさまは座敷のすぐ外の庭においでございました。すぐ外の庭にいるものが、欄間《らんま》から矢を射込めるはずはございませぬ……」

ことばは恐ろしい回顧の推理であるが、声は詩《うた》のようだ。闇の中で、男の唇すれすれに寄せてささやく美少女のにおいやかな息は、男ののどをつまらせ、からだをしびらせる。

かすれた声で、

「こ、小天治は？」

「船酔いで、下にお休みでございます。あんな方よりは、隼人さま……」

「もしや、きゃつが！」

「いいえ、そうともいえませぬ。なぜなら、いずれのおりも、まわりにチラチラ姿のみえるあの猿飛と申す男が、わたくしは気になってならぬのでございます。ひょっとしたら、また肥後にも……？」

「ううむ、こんど出れば、きっと拙者が！」

夢中になってうめきつつ抱きしめる腕の中で、むせぶような女のあえぎがたかまってゆく。

明くれば、また蒼空。人々は帆柱のかげに、きびしい表情で坐っている三人の姿を見るばかり。——船は鞆《とも》の港に寄る。

果然、彼らはその港のさん橋の上に、驚倒すべき人間をみたのである。

その男は、こちらを見て、ニヤッと笑った。知っているのだ。そして、眼をまるくして見ている三人のまえで、ポンポンとじぶんの足をたたいた。

風は追い風であった。大坂より赤間《あかま》ガ関《せき》（下の関）まで百三十五里。陸路《くがじ》をゆけば、さらに遠かろう。船ならば、三夜四日でゆけるが、それとならんでこの男は、山陽道をかけてきたとみえる。

「猿飛！」

と、安西隼人は絶叫した。顔いろが変わっていた。

しかし、日に三十里、四十里をとぶことは、忍者として異とするに足りない。猿飛がその足をたたいて笑ったのを、隼人は挑戦とみた。

「小天治、ゆけるか？」

と、ふりかえったが、昨夜船酔いに苦しんだ松葉小天治は、蒼い顔をしている。陸にのぼりたいのはやまやまだが、その速度ではしることは、あきらかに不可能とみえた。

「なさけないやつだ」

隼人は舌打ちをして、螢火をみる。螢火は、恐怖にかがやく眼で佐助をにらんでいる。

「こんど出れば、きっと拙者が！」と壮語したのはつい昨夜のことだ。壮語をはたすべきはいまであった。しかし――。

小天治が船酔いせずとも、当然ひとりは螢火護衛の任にのこらなければならない。しかし、隼人は、小天治ひとりを螢火につけておくことが、ちょっと気がかりだ。が、昨夜の陶酔を思うと、恋の勝利者は、昂然《こうぜん》としてふるい立った。

「よし！　小倉《こくら》で会うとき、きゃつをひっくくって手土産としよう」

――猿飛を追って、鞆の港におりた安西隼人をのこし、船はまた西へ帆をあげる。

そして、また夜。暗い夜の海の上で、なまめかしい声と吐息が、帆のはためきにもつれていた。

「小天治さま。ご気分はいかがでございますか？」

母性と妖婦の入りまじった、やさしい、甘美な声であった。

「あなたさまをうたがい、相すまぬことでありました。もしあなたさまが大野修理さまの隠密として、あの城絵図をお狙いあそばしていたなら、あの大坂の城を、ぶじわたくしが出られた道理がございませぬ……」

「あいや、螢火どの！」

と、男は感激してうめく。

「拙者、たしかに大野修理さまの密令うけて、あの湖月尼公さまにおつかえはしておりましたが、それは尼公さまをめぐる諸侯の動静をうかがわんがためで、修理さまは、あの城絵図のことなど、とんとごぞんじござらぬ。……また、拙者、申しませぬ。拙者の心中にあるは、いま螢火どののことばかり――」

「抱いて、抱いてくださりませ、小天治さま……」

女は身も世もあらぬげに、ふくよかな乳房をすりつけて、

「隼人どのは、もはや船をおりました。この船にあるは……あなたとわたくしばかり……」

どうしたんだ。螢火よ。いったい、おまえはどうしたのだ？

あの清麗凛々《せいれいりんりん》たる娘が、このような狂おしい媚態《びたい》をどこに秘めていたのか、それこそ奇怪だが、まなこくらんだ小天治には、そこをふしぎがるいとまもないらしい。恐ろしい密使行におびえ、つかれはてて、この娘は、つい弱気をだしたのか。……それとも、なんらかのふかい目的あってのことか？

船が小倉についたとき、人々は、いよいよきびしい緊張に身を鎧《よろ》っておりてゆくふたりの姿をみただけだった。

小倉には、隼人も佐助の姿もみえなかった。いそぎの旅だ。ふたりはすぐに肥後にむかった。

加藤肥後守は、二条城における家康と秀頼の会見を周旋《しゅうせん》すると、五月末、すでに熊本にかえっていた。

そのとき、堂々と秀頼をまもって、家康の舌の根をふるわせた清正が、それからわずか一ト月足らずのうちに死んだのである。

かつて、家康から、

「ただいまは、以前とかわり、中国、西国筋の諸大名方、大坂へ着岸あられ候えば、そのままただちに駿河、江戸おもてへまかり越さるる儀にこれあり候ところに、そこもとには、大坂おもてに逗留《とうりゅう》あられ、以前のごとく秀頼卿の機嫌をあいうかがわれ、それ以後ならでは、駿河、江戸おもてにはお越しなく候」

と、露骨ないやみをいわれて、

「秀頼卿のご機嫌うかがいはまえまえよりのこと、いまにいたって大坂をすどおりいたし候とあっては、武士の本意にあらずと存ずるにつき、いまさら相やめがたきことに候」

と、平然とはねかえし、さすがの家康を、

「いま、日本国の侍に、肥後守につづくものあるまじ」

と、感嘆せしめた誠忠の武将、加藤肥後守清正。

その急死は、当然、世人を、さては！　と思わせるに充分だった。いまにのこる毒饅頭《どくまんじゅう》説がそれだ。家康が、二条城で清正に毒をくらわせたというのだ。いわんや、その死にようが、「はや身もこがれ、くろくなられける」とあってみれば！

けれども、現代の常識からみて、三月にのませられて、六月にきくというような毒物があろう道理がない。熊本城につめかけた医師たちも、急性の熱病と診断したのである。

にえくりかえるような混乱のなかに、だれもが忘れていた。その前夜、京の湖月尼公から一枚の城絵図を託されてきたうら若い女性と、その従者のあったことを——。

かなしみの号泣《ごうきゅう》は、城下にもわきかえっていた。さわぎの中に、だれも気がつかなかった。その夜、ようやく、つかれはてて、トボトボと熊本に入ってきた、ひとりの若い武士の姿を。

——安西隼人である。彼はついに猿飛をつかまえそこねたとみえる。

その猿飛は、その西北の金峰山に忽然とあらわれて、暗い眼で、じっと熊本城と、それをとりまく夜の大地の慟哭《どうこく》を見おろしていた。

「韓の虎より恐ろしい奴に見こまれたな、清正さん」

ふりかえれば、遠く宇土半島のかなたにひろがる海に、もえる、もえる、妖しの不知火《しらぬい》。

この夜、慶長十六年六月二十四日。

消える螢火

ながい夏の日がおちて、西空の朱が紫に変わってくると、その寺の影は、いよいよ巨大さを加えて、浮き上がってみえた。

ましてそれが、半ば建ちかけとあっては、百七十六尺におよぶ高さが、荘厳というより、妖怪じみている。

去年六月から起工された東山の方広寺《ほうこうじ》だ。

もともとこれは、天正十四年、秀吉が建立したものだった。それに動員した工事人は延べ一千万、その棟木につかう巨木は、日本じゅうの山々をさがしまわって、ついに家康に命じて富士山から切り出させたが、この木一本にすら五万人の人賦を要したという。秀吉が、それほど信心ぶかい男とはみえないが、道楽にしても、ここにいたってはもはや人間ばなれがしている。それほどの大建築も、慶長元年の大地震に崩壊した。

これを再建するこころざしはあったが、はたさないうちに秀吉が死んだので、家康が片桐且元《かたぎりかつもと》に命じて、その遺志を奉じて再建することを秀頼にすすめたのは、慶長七年のことである。秀頼は、その十一月に工事に着手したが、十二月、鋳物師のあやまちで、ふたたび堂宇《どうう》は灰燼《かいじん》に帰した。

いまとりかかっているのは、実に三度めの工事である。その費用として、大坂は、秀吉ののこした大法馬金《だいふんとうきん》を熔《と》かしたといわれる。――あわれ、その巨刹に、太閤の覇業を永遠に告げさせようとした梵鐘《ぼんしょう》の『国家安康《こっかあんこう》』の四文字が、のちに豊家の命とりになろうとは。

日がしずむと、さすがに怒濤《どとう》のような槌音《つちおと》もたえ、何千人かの大工も散って、やがて、ひろい松林に蟬《せみ》しぐれがわき、それから、ぶきみなくらいの静寂がただよいはじめた。

「尼公さま……」

その松林のなかを、ひとりの娘と、ふたりの武士がさまよっていた。

「高台院さまは、どこへ？」

螢火と、その護衛の安西隼人、松葉小天治であった。まだ、あの旅装束のままだ。

彼らは、さっき西国からかえってきたところだった。三本木の邸にもどると、湖月尼は、しのびで大仏殿の工事を見に出たというので、その足でかけつけてきたものである。

「尼公さま……」

声をあげてよんで、小天治と隼人がかけだそうとして、いきなりビクとたちどまった。そのまえに、小暗い松林のなかの路に、ふっとひとつの影が立っている。

「おそいな、貴公ら」

ニヤリと、白い歯を見せて、

「わしはもうとっくに九度山をまわってきたぞ。……もっとも女づれだからいたしかたもなかろうが、それにしても忍者の足が泣く」

「猿飛どの！」

と、声もするどく、螢火は呼んだ。

「あなたは、なぜこうしつこくわたしたちにつきまとうのです！」

「大殿を殺《あや》めた仇を討つためでござる」

「まだ？」

「でも、おろかな——と申されたいところでしょう。まったく、わしはおろか者でござった。まず、足だけの化物ですな。いままで、伊勢、紀州、京大坂、肥後ととびまわって、下手人がわからなかったとは！」

「えっ、では、その下手人が、いまわかったとおっしゃるのですか？」

「わかりました。もっとも、わかったのはわたしではない。あたまです」

「あたま？」

「あたまは、別にある。それそこに」

凝然とたちすくむ三人のまえに、松の陰から飄然《ひょうぜん》とあらわれたもうひとつの影がある。夕明りに、なお面をかくす編笠の翳《かげ》が濃かった。

「螢火どの」

と、錆《さび》をふくんだ声で、その人は笠のかげから、まじまじと螢火を見つめて、

「おお、やつれたな。むりもない、ひどいご苦労でござったの」

螢火は、その人の正体を知って、かすかにふるえた。が、なお凜《りん》と眼を見はっていう。

「猿飛どのを、わたくしたちにつけまわされたのは、あなたでございますね？」

「さよう、この笠の中の、あたま」

「それで……あの殿さま方を殺めたものがわかったとおっしゃいます？」

「あいわかった。あなただ」

と、沈痛な声でいった。

電撃されたように、螢火は硬直した。しばらく、声も息もない。

「四日市の本陣で、浅野どのご落命のさい、この佐助が矢うなりの声をきかなかったというのも道理、あれはそなたがわざと灯をけし、たもとのかげにかくした矢を、弾正どのに突きたてたものであったな。……じゃが、そのまえに、縁側で庭へ石をなげて、曲者外にありと思わせ、またそのあとで、もう一本の矢を柱に突きたてて、欄間《らんま》から飛来したと見せた細工はみごとだ」

「…………」

「二人目。わしの父。父が京へ旅だつまえ、厩《うまや》で月ノ輪の耳に、毒をしみこませた針の玉を入れたのはだれじゃ？　月ノ輪が骨となるまでわからなんだが、あれでは馬が途中で狂い出したのもむりはない……」

「…………」

「三人目。堀尾吉晴どの。これはもとより上から大石をおとしたものだ。じゃが、ここにふしぎなことがある。そなたがあの大石の或る個所をかるく押せば、容易にぬけおちることを知っていたことじゃ」

「………」

「四人目。加藤肥後守どの。これは茶に投げ入れた毒。ここでまたひとつふしぎなことがある。そこなる甲賀者、伊賀者、はじめよりすべてを承知していたとは思われぬふしがあるが、このあたりにいたっては、いかになんでもウスウスは感づきそうなもの、それがなおかつ、そこにそうして尾をふってついておること――」

「殿。……さかりのついた犬でござるわ」

「色じかけか。……この乙女が？　ほう」

と、この恐ろしい自問自答の中に、ふたりは場ちがいな諧謔《かいぎゃく》をまじえたが、ふたたび螢火を見すえた編笠の声は、厳粛凄壮《げんしゅくせいそう》の気を加えた。

「螢火、そなたはなんのためにあのような大それたくわだてにのり出した？　いやさ、大坂城の石垣の破れを、そなたに教えたのはだれじゃ？」

「………」

「言えぬか。それも道理かもしれぬ。かよわい、うら若いそなたを、あのような千辛万苦《せんしんばんく》の暗殺行に旅立たせた恐ろしい人の名はな」

「――くたばれっ」

金縛《かなしば》りになっていた隼人と小天治が、この時眼と眼を見合わせたと思うと、剣光が十文字となって編笠の上にきらめいた。

十文字の剣光は、星のようにくだけて、乱離と散った。その下に、あわれふたりの若き忍者は、左右に、弓のようにそったかと思うと、どうと地上にたおれている。

血刃をひっさげたまま、猿飛佐助は一礼した。

「殿。……お叱りかもしれませぬが、いまはこうせねばふせぎがかないませなんだ」

それから、南無阿弥陀仏《なむあみだぶつ》、とつぶやいて、

「ふびんや、ここまで恋に眼がくらんだか。修行次第では、まだまだものになる若者ふたり、忍者として、佐助のほうが残念じゃわい。……そっちはかえって本望であろうが……」

編笠は、ズイと一歩ふみ出した。

「螢火、申せ、そなたをあやつった傀儡師《くぐつし》の名を！」

螢火は、しずかに地上に坐った。じっとこちらを見あげた眼が、夕闇に、ふたつの螢のようにひかった。それが、あまりに粛然《しゆくぜん》としていたのと、そのつぎに、うなだれて、片腕をついたのが、ついに屈服したとみえたので、ふたりは手も出さずに見まもっていたが、そのまま娘の上半身が重く地に伏したので、はっとして佐助はかけよった。

抱きあげて、黒くぬれた手をかざして、

「死んでござる！」

と、すっとんきょうな絶叫をあげた。

螢火は、みごとに懐剣でのどをつらぬいていた。

茫然《ぼうぜん》とたちすくんだふたりは、そのとき、すこしはなれたところにとまった乗物に気がつかなかった。四、五人の従者と侍女がしたがっている。乗物は地におろされ、そこから老尼僧があらわれ、ひとり、しずかにこちらに歩いてきた。

燃えろ太閤城

松林に、風が鳴りはじめた。

老尼僧は、音もなくちかづいて、地に伏した三つの死骸の傍に立って、暗い眼でじっとのぞきこんだ。

おどろくより、ふたりは、その老尼の気品と妖気にうたれて、思わず四、五歩あとずさっている。

「螢火」と、沈んだ声でよんで、

「かわいや。ようこの尼につくしてくれました」

それから、頭をあげて、はたとふたりを見すえた。

「いま、螢火に、傀儡師《くぐつし》の名を申せというたのは、そなたらか。……いいえ、それ聞かいでも、この場の始末をみればわかります。いってきかせよう、その傀儡師はこの尼、湖月尼であります」

影は、ぱっと笠をぬぎすてて、ピタと大地にひれ伏した。

「おそれ多きんおんなのり。――紀州九度山の真田伝心月叟でござりまする」

「ほう。……左衛門佐か」

と、うなずいて、

「名は、殿下よりきいておった。世にも賢い男じゃそうな」

「うけたまわるも、はずかしきおおせ――」

「左衛門佐とあらば、かくしてもせんないことであろう。いやいや、そなたの父をこの尼が手にかけたのじゃ。わたしの申すことをきき終ったら、刺すなり討つなり、どうともしやい。……螢火の申したところによると、すでに一翁はあらかた見ぬいていた様子、四人のあたら智勇兼備の男たちをこの世から消したは、たしかにこの尼じゃ。ひとりはわが義兄《あに》、他の三人も、太閤殿下に二心なきもののふ、また若いころからこの尼が、ひとしお眼にかけてかわいがった人々よのう」

湖月尼の眼に、涙がひかった。

「きけ、あの城絵図の言葉には、なんの意味もない。あれはわたしのかきつけた、まったく意味のない言葉なのじゃ。ただ、あれを七人の男にもちまわらせ、ひとりひとり螢火に殺させるためじゃ。それに、素姓知っていてわざわざ徳川と大坂の隠密をつけてやったは、徳川には、彼らを殺したは大坂方、大坂には、彼らを殺したは徳川方と思わせ、世にそのようなうわさをたてさせるためじゃ。……そのことを、さすがに一翁、感づいたのであろう、最初より、絵図の行方を忍者に追わせていたと申せば……」

松籟《しょうらい》の音も、老尼の声も、この世のものならぬようだった。

「しかし、それは両者の仲をさくためではない。仲は、とうにさけておる。見やい、あの大仏殿の大屋根を。——あれはもとより徳川が、大坂の城の金銀を——戦の費《ついえ》をつかいつくさせようとする謀《はかりごと》。おろかや、秀頼は、まだそのことに気がつかぬ。あか児のような秀頼を、いつうち殺そうかと関東は待っているのじゃ」

「…………」

「それをふせいでおるのが、あの七人じゃ。戦を起こさせてはならぬと、必死に豊臣の楯《たて》となっておるのが、あの七人の男じゃ。それがわたしのじゃまなのじゃ。わたしの願いは、その七つの楯をうちたおすことにあるのじゃ！」

「尼公さま！」

幸村は、ようやく戦慄《せんりつ》した。わからなかったのはそれだ。一翁が京へはせつけてきたかったのもそれであったろう。このひとは、だれか。豊太閤夫人。そのおん方が、なぜ、なぜ、なぜ――？

「それでは豊臣家がほろび申す！」

「わしのねがいは、豊臣家は、尼公さまのものではありませぬか？」

「尼公さま、豊臣家は、尼公さまのものではありませぬか？」

「そうであった。……寧子のものであった。……淀の方がくるまではのう」

その声の悲哀にうたれて顔をあげた幸村は、闇にも青白い微光をはなつ六十三の尼僧の形相をあおいで、五体の骨に冷気をおぼえた。もえあがっているのは、悽惨《せいさん》なばかりの嫉妬《しっと》の背光であった。

「幾年、十幾年、こらえてきたことか？　いまの豊臣家は、わたしの豊臣家ではない。あれは、淀どのの豊臣家じゃ。あれは、淀どのの大坂城じゃ。もえよ、大坂城、滅びよ豊臣家！　ホ、ホ、ホ、ホ！」

太閤、大御所といえども、これほどものすごい笑い声をたてたことはあるまい。さすがの幸村が、かつて彼の人生におぼえのない恐怖に、ほとんど気死したようになっている。

「左衛門佐、それをきいて、この尼をさげすむかや？　それとも不愍《ふびん》と泣いてくれるかや？……いや、そなたは、ただにくいと思うであろう。さよう、わしはそなたの父を殺した。のぞむならば、この尼を刺すがよい。生きながら、こう数珠《じゆず》をつまぐりながら、すでに黒縄地獄《こくじようじごく》に堕《お》ちておるこの湖月尼じゃ。すておけば、あとの三人、きっとこの手で殺してくれようぞ。もはや、太閤の御台と思いやるな、仇の婆と思うて、早うこのしわ首を討つがよい……」

左衛門佐はすっくと立ちあがった。

すでに黒暗々たる闇の中に、ふとい吐息がきこえ、しばらくたって、さわやかな笑い声となった。

「御遠慮申そう」

「――なにゆえ？」

「邪とたたかうが、侍の本望でござれば。はは、幸村、あくまで尼公さまにお手むかいして、かならず豊臣家を護って見せようと存ずる、と申せば、世にも恐ろしき尼公さま、なんの小《こ》倅《せがれ》の幸村ごときに、とお笑いあろう。幸村、実は乱を好む男でござる。大坂城の炎の中に男一代の名をあげて死のうと望む男でござる。はははは、佐助、さらばおいとまつかまつろうぞ――」

快活な声は、松風の潮騒《しおさい》を遠ざかっていった。

「どうぞ、尼公さま、この上とも豊家の楯をお倒しあれ！」

慶長十八年一月二十五日　池田輝政死す。
慶長十八年八月二十五日　浅野幸長死す。
慶長十九年五月二十日　　前田利長死す。
慶長十九年十月一日　大坂の役起こる。

数珠かけ伝法

一

「もし、おたのみ申します」

芽柳《めやなぎ》に銀のような雨の降る晩春の夜であった。四谷伝馬町の旗本熊倉右京《くまくらうきよう》の屋敷の門を、けんめいにたたいている女があった。

この声がしばらく門のそばの中間部屋《ちゆうげん》にきこえなかったのは、雨の音のせいではなく、ふたりの中間が騒々しく酒をのんでいたからだ。

「や、丁《ちよう》、と張ったのはだれの声だ」

「あれは合羽坂の平岡さまの声らしい。いや、あの気合のいいこと、本職のばくちうちも顔まけだな」

「あの声が、やっとうの方で出りゃ感心なんだが、おめえきいたか、平岡さまの刀は竹光《たけみつ》だってていうぜ」

「そういえば、恩田さまの刀がこないだそこらに投げ出してあったのをちょいとみたら猫のくわえてゆきそうな赤いわしだったよ」

「腐《くさ》っても鯛《たい》といいてえが、連中みんな赤いわしだ。旗本八万騎が渡世人そこのけに丁半《ちようはん》に憂《うき》身《み》をやつしているたあまったく世も終りだな」

本邸の方からながれてくる異様に熱のこもった騒然たるさけび声に耳をすましているのである。

この屋敷の主人熊倉右京は一千石の小普請《こぶしん》だが、先代がひどく蓄財家で金をのこした。それが一昨年亡くなってしばらくすると、頭をおさえるものがないせいか、生来の放蕩者《ほうとうもの》であったのか、妻帯もせず、毎日、旗本の次男坊三男坊から、安御家人、さては市井の無頼漢まであつめて、賭博三昧《とばくざんまい》にふけっている。もっともこれはこの屋敷にかぎらない。そんなやくざ旗本がやけに多い御時世であった。

「まだ、こちとらに呼び出しはかからねえか」

「もう、何どきだろう？」

そういったとき、はじめて門をたたく声に気がついた。

「おや、女の声がしたようだぜ」

「この夜ふけにおかしいな。殿様がおよびになった芸者かもしれねえ」

「そんな話はきいていねえぜ」

ぶつぶついいながら、それでも中間のひとりが提灯《ちょうちん》をさげて門の方へ出ていったが、すぐに、

「やあ、おまえさんは！」

と、びっくりした声がきこえてきた。

「左三郎《さざぶろう》はこちらにうかがっておりましょうか」

その若い女の声に、残って徳利をふっていたもうひとりの中間も顔を出した。

雨の中に傘もささず、ぬれて立っている美しい顔が、提灯の灯の環《わ》のなかにうかんでいた。

美しいが、ひどくみすぼらしくみえるのは、雨にうたれているせいばかりではない。ふたりの中間は、しばらくまじまじとその顔をながめていた。

「お関《せき》さん、ひさしぶりですね」

「すこしやつれたようだが、あんまり旦那に可愛いがられると」

ほろ酔い気分で冗談をいいかけるのに、女はきっとなって、

「そんな場合ではありません。御本家の御隠居さまが、さっきお亡くなりになったのです」

「えっ、御本家の御隠居さまが？　まだこちらにそんな知らせはねえが」

「わたしはずっと御看病のお手伝いにうかがっておりましたから——左三郎がこちらに参っておりましたら、すぐに呼んで下さいまし」

「そりゃたいへんだ。さいころいじりどころの騒ぎじゃねえ。うん、藤田さんはひさしぶりだが、たしかに来ていなさるよ。お関さん、おまえもいっしょにいって下せえ」

と、さきに立ってかけ出したふたりの中間につづいて、お関も本邸の方へはしっていった。

亡くなったのは熊倉家の本家の老人だが、お関の夫の藤田左三郎も、御家人ながら縁つづきなので、手伝いにいっていたお関が家にかけもどって、夫が不在なところから、さがしさがして、ここに知らせにやってきたものであった。

暗い庭には、乱倫《らんりん》な主人の性質どおりに蓬々《ぼうぼう》と草が生いしげっている。その草に足をとられながら、お関は涙ぐんだ。どこよりも、いちばん来たくないこの屋敷であった。放蕩無頼の夫に、いくどか泣かんばかりに賭事をやめるように哀願したなかに、せめてこの屋敷にくることだけはやめてくれとあれほどくれぐれもいってあったのに、わたしが御本家の手伝いにいっている留守に、またけろりとここにやってきて、ばくちにうつつをぬかしていたのかと思うと、くやしさに唇もわなないてきた。

二

本邸の広間には、あかあかと燭台をつらねて、まんなかに本式の盆ござをしいて、人相のよくない男たちが、二十人ちかくもむかいあっていた。まだ春というのに、もう上半身肌ぬぎになっている者もある。ほとんどがあぶらを塗った仁王みたいな顔色になって、眼がぎらぎらひかっている。それが異様に息をつめてしずまりかえって、かけこんでいったお関たちにも容易に気がつかない風であった。破れた唐紙、桟《さん》の折れた障子を背に、とうてい千石取りの旗本家の光景とは思われない。

お関は、一瞬に夫の顔を見出した。苦味ばしった顔の筋肉がぴくぴく痙攣《けいれん》し、とび出すような眼で盆ござの上をにらみつけている。草紙でみた何とか餓鬼《がき》そっくりのあさましい顔つきだ。

「勝負」

と、恩田という旗本が、脳天から出るような声を出した。

壺《つぼ》をふせていた男が、壺をあけた。なかから二粒の賽《さい》があらわれた。

「丁だ」

と、だれかうめいた。どよめきがながれ、夫はがっくりとまえにつんのめりそうになった。

「藤田、おれの勝ちだな」

と、夫とむかいあって、こちらに黒羽二重の背をみせていた男がうれしそうに言って、それからはじめてふりむいて、その暗褐色《あんかっしょく》にふちどられた眼を大きく見ひらいた。

「ほう、お関ではないか」

この屋敷の主人熊倉右京である。藤田左三郎は、愕然《がくぜん》として眼をあげた。

のっぺりした造作に受口気味の唇だけ赤く、色の白いのがかえってきみがわるい、武芸の方はからきしだめだが、道楽の道にかけては十八般きわめつくした右京であった。――お関はひざをついた。彼女は一年前までこの屋敷に女中として奉公していたのである。

「これ」

と、左三郎は狼狽《ろうばい》した。

「ばかめ、な、何しにきた？」

「ようきたな、お関。いささか亭主の旗色がわるい。すこし、加勢してやれ」

と、右京は声をたてて笑った。お関は顔をあげて、

「旦那さま。……御本家の御隠居さまがお亡くなりあそばしました」

「なに」

と、さすがの右京と左三郎も衝撃をうけたらしいが、すぐに右京はさいころを手にとって、

「そうか。長わずらいの老人だ。遠からぬうちそんなことになろうとは思っていた。すこし、生きすぎたくらいだよ。これでうるさい奴がこの世からひとり減ったぞ」

と、うす笑いして、掌上のさいころをかるく宙に投げあげして、もてあそんでいる。お関は左三郎をひたと見つめて、

「あなた、すぐにおかえり下さいまし。お通夜に参らねばなりませぬ」

「……しまった」

と、左三郎はうめいた。ひどい困惑が表情をひきゆがめていた。お関は不安に胸をつかれた。

「ど、どうかなさったのですか」

「お関、おれはいま、陀羅尼《だらに》の数珠《じゅず》を賭けて負けたところだよ」

と、左三郎はあたまをかかえた。お関の顔色は、さっとかわった。

陀羅尼の数珠とは、先祖代々から伝わった家宝の数珠だ。二百何十年かむかし、何か手柄があって天海僧正からもらったものとかで、金、銀、銅、真珠、珊瑚《さんご》、瑪瑙《めのう》、翡翠《ひすい》の七種があって、それが世とともに一族ばらばらになった。本家にあるのは金で、この熊倉家にはたしかに銅の数珠があるはずだ。そしてやはり一族の藤田家にも、いまは微禄しているのにこればかりはどうしたことか、音たててもむのもはばかられるような美しい真珠の数珠がつたえられていたのであった。

ほかに、家には目ぼしいものもないのはお関は知っている。しかし、その大切な数珠までばくちに持ち出してしまうとは！　彼女は家を留守にしたのを悔いた。しかしそれは本家の御老人の看病のためしかたがなかったのだ。そしていまその老人は死んだ。二三日うちにも、むかしながらのしきたりに従って、左三郎はその数珠をもってお葬いにゆかなくてはならないのだ。

「どうして……まあ……どうして……」

「お関、かんべんしてくれ。おれァさいころいじりはふっつりよしていた。それァおまえも知っているとおりだ。ところが、おめえが家を出るときに、ややが腹にできたらしいといったなあ。それでおれァ……例のお蝶《ちょう》ときっぱり縁を切る決心をつけたのよ」

お蝶とは、お関が嫁にゆくまえから左三郎といい仲の深川の羽織芸者であった。いい仲というより、安御家人の左三郎に向うから入れあげて、だからかえって、左三郎の方から縁を切ろうとすれば、相当の手切金をやりたいという左三郎の気持はよくわかるし、女房としていてもたってもいられないほど嫉妬《しっと》しながら、その工面さえつかずいままで苦しんできたお関であった。

「男の意地として、こんどこそ何とかその手切金をつくりてえと思ったのが、この数珠を持ち出したはじまりだ。ところが、鴨川の流れと賽の目は、思うようにゃならねえ。弱ったことになりゃがった……」

と、左三郎は犬みたいな眼でまえを見やった。真珠の数珠は熊倉右京のひざのまえにあった。

「右京さん、おききのとおりだ。すまねえがその数珠を――まさかかえして下さいとは申さぬ。ここ二三日、ちょいとお貸し下さらんだろうか」

「だめだな」

と、右京はにべもなくいった。

「ばくちでもらったものは、将軍さまからの拝領物よりもっとかたいものだとは、おぬしのふだんから口ぐせにいっていることではないか」

「そ、それァそうだが、この場合——おたがいさまだ。なにせ御本家の葬礼に——」

「何がおたがいさまだ。藤田の家に、陀羅尼《だらに》の数珠のうち真珠のこいつがあるなど、ふとどきでもあればふしんでもあると、まえまえから考えてもいたことだ。この際、これは熊倉家の方へひきあげておこう」

藤田左三郎は、凄《すさま》じい眼色になって、右京をにらみつけていた。——それは、いまの熊倉家と藤田家では、並んで往来もあるけぬほどの、主従といってもいい身分のちがいだが、しかし町のごろつきとさえ対等の口をきいて平気な右京であった。左三郎とも、そのころはさんざん面白可笑《おもしろおか》しい道楽を共にした仲だったのだ。だからこそ、ふときょう思い立って、ひさしぶりにこの屋敷をおとずれる気になったのではないか。

しかし、きょうここへきたときから、右京の様子に、だれが相手ともなく、へんに冷たく、蔑《さげす》みと、憎しみにみちたところがあった。それを、ただいらいらと気がたっているようにみて（ふん、おれが来なくなってから、ずいぶん荒れたな）と可笑しがって、まさか対象がじぶんだとは感づかなかったのだが。

「おい、左の字」

と、ふいに右京はにやりと笑った。

「どうだ、もういちど——」

「なに、丁半をか？」

「それで、立派にこの数珠をとりもどしたら、おたがいにさっぱりするだろう」

左三郎はちらっとその数珠に視線をやって、うなずきかけて急に歯をかみしめてそっぽをむいた。賭ける金がありさえすれば、この陀羅尼の数珠をもち出したりはしなかったのだ。

「賭けるものはあるではないか」

「おれに？」

「女房だ」

左三郎は啞然《あぜん》として、右京の顔をみつめた。その茶褐色の隈《くま》のなかの眼が、ねばっこくひかり、笑いというよりひきつった口をみて、彼が冗談をいっているのではないと知った。たわけ！　と、さけび出そうとしたとき、

「あなた、よして下さい、あんまりでございます！」

と、お関がしがみついてきた。左三郎はぐらぐらとゆれながら、笑っている周囲の眼を感じた。ふいに、じぶんでもわからず、かっとしてさけんだのである。

「よしきた、承知之助《しょうちのすけ》だ！」

いったん、口から出たら、もう制止がきかなかった。

「熊倉さん、やろう。たしかに女房を賭ける！」

狂的な熱気が渦をまいて、盆ござをつつんだ。お関を知らない男たちは、いまさらのように左三郎にしがみついている女房の、雨にぬれてきものがぴったり肌についた骨細な姿に嗜虐《しぎゃく》的《てき》な蠱惑《こわく》を感じたし、まえにお関を知っている男たちは、その蒼白いやつれからも、人妻のなまめかしさを嗅《か》いで、下卑《げび》た歯をいっせいにむき出した。

「おう、壺をかぶるぞ！」

と、恩田が壺皿に二つのさいころを入れ、がらがらっと振って、ぱっと伏せた。伏せたかと思うと、さっと指の股をひろげて、左手の掌を向うむきにした。なんのいかさまもないというしるしだが、まったく本職のばくちうちそこのけの達者な手さばきだ。

「どけ！」

と、左三郎は女房をはねのけて、

「丁」

とさけんで、身をのり出した。さすがにこぶしはふるえ、満面朱にそまり、眼は血ばしっている。

「半」

と、右京がいった。じぶんがいい出したことなのに、これは真っ蒼な顔色であった。

「勝負っ」

壺はあけられた。

「半だ」

左三郎は、固死したようにうごかなかった。その頬からすうと血の気がひいていった。一座はしいんと息をつめている。まっすぐに立った燭台の炎だけが、かすかな音をたてた。——やがて、左三郎はゆっくりと頭をまわした。お関はあまりのことに半分気をうしなったようになって、黒い虚《うつ》ろな眼で左三郎を見つめていた。

だまって左三郎はよろりと立った。

「あなた」

つづいてよろめき立つお関に、

「おまえはここにおれ。おれについてくることァならねえ」

と、左三郎はうめいた。お関は狂気のようにその足にしがみついた。

「こ、こんなばかな約束は、わたしは知りません。いっしょにかえります」

「お関、たのむ、男の約束だ」

左三郎は絶叫した。

「おれはおまえを賭けた。向うさまは陀羅尼の数珠をかけた。その数珠は、もともと、三十両の代りに賭けたものだ。……おれァ明日朝、きっと、三十両をもってくる。それまで、おまえはこの屋敷に残っていてくれ。……明日の朝まで、たのんだぞ！」

そして彼は、水中をおよぐような足どりで、あともふりかえらずはしり出ていった。

三

ものみな饐《す》え腐るような晩春の雨が、翌日もふりつづいた。藤田左三郎は来なかった。

「あいつに三十両のできるわけがない」

「金の工面どころか、いまごろは深川へすっとんで、あごをなでているかもしれねえ」

お関は、無頼漢たちのそんないやがらせをききながら、じっと坐ったままであった。一晩じゅう、ねむらずにそうしていたのだ。

男たちが熊倉の家に寝泊りするのは、べつに珍しいことでもなかったが、こんどの場合、右京がお関をどうするのだろうという好奇心もあったし、それに腕は立ち、のんきものの反面ひどく気のみじかいところのある左の字が、金の工面ができない自棄《やけ》のやんぱちから、手ぶらであばれこんでくるかもしれないという右京の不安から、わざわざたのまれて泊ったものであった。

夫はこないだろう、とお関はかんがえた。男たちのいうとおりだ。来たくとも、来られないのだ。彼女のまぶたには、この雨の中を、金の工面にかけずりまわっている左三郎の姿がはっきり浮かんでいた。来ない、と覚悟しているのに彼女は夫を信じていた。

お嫁にいってからもとまらない道楽者ではあったけれど、お関は左三郎の愛情を信じきっていたのである。はじめはずいぶん苦しんだけれど、このごろでは夫の無頼もむりもないと思うことが多かった。御家人に生まれついたら、どんなに学問があっても、どんなに武術にはげんでも、一生涯御家人の泥沼からうかびあがれない世のしくみなのだ。

お関の死んだ父も、一生御家人であった。そして熊倉に借金をしたために、お関が女中奉公にくる破目となった。それはどんなつらい仕事でも、不平をいう育ちではなかったが、お関がこの屋敷にきて何より困惑したのは、主人の右京の行状であった。ときどき、どこの何者ともしれぬ女をひきずりこんできてはいっしょに暮らす。二タ月もたたないうちに、女はにげ出してゆく。それは右京にひどい偏執狂的《へんしゅうきょうてき》な惨酷性があるからであった。それを人目もはばからぬ右京だから、お関はそれをみて、恐怖に蒼ざめ、またまっかになってにげ出したこともかぞえきれなかった。飯炊きの婆やにきくと、いままでの女中も、みんな右京の牙《きば》にかけられて、にげていってしまったという。

その屋敷にお関が一年以上も辛抱したのは、奉公にきた事情も事情であったし、その間に老父が死んでかえってゆくところもなかったし、それに、ふしぎなことに右京がお関だけには手を出さなかったからだ。――しかし、それもはじめの半年くらいであった。しだいにお関は右京のぶきみな隈《くま》につつまれた眼が、じぶんの立居振舞をじっと追っているのにおびえはじめていた。その眼は夢の中まで追ってきて、彼女を恐怖のさけびとともに目ざめさせた。

そのころに、彼女は藤田左三郎を知ったのだ。おなじ無頼の仲間にはちがいないが、ほかの陰惨きわまる連中とちがって、彼にはからっと明るい何かがあった。ふたりは恋しあった。そして、左三郎はじぶんで右京に話をつけて、さっさと女房にしてしまったのである。彼の道楽は別にやみもしなかったが、しかし彼女を愛していることにも、まちがいはなかった。

あのひとは、わたしにややができたのをしおに、やくざな暮しから足を洗おうとしたのだ。お関はしらずしらず、腹部に手をあてていた。かなしい笑いが頬をよぎった。その一念発起《いちねんほっき》の結果はとんでもないことになったが、それだけで彼女は左三郎をゆるした。

このことで懲《こ》りて、あのひとは、あれほど好きな賭事も、もう金輪際《こんりんざい》やめてくれるだろう。

お関のまえには、婆やの運んできた膳が手もつけずに置かれたままであった。彼女はこのまま右京がかえすまでは坐っていて、もし万一辱《はずか》しめをうけるようなおそれがあれば、舌をかみきってでも、侍の妻らしく死ぬ覚悟であった。

「お関」

お関は眼をあげた。いつしかまた雨の夕暮がせまって、まえに熊倉右京が坐っていた。

「左三郎は来ぬな」

赤い受口がにやりと笑った。お関は背に悪寒《おかん》をおぼえた。

「旦那さま、もうわたしをかえして下さいまし」

「おまえは、ばくちで勝ったかただよ。煮てくおうが焼いてくおうが、おれのままさ。左三郎が、けさまでには三十両耳をそろえてもってきておまえをひきとるとか何とかうわごとをならべていたようだが、それはあいつのひとり合点だ。第一その期限もきれた」

じっとお関の眼に見入っていう。その瞳のおくにゆれる蒼いひかりに顔をそむけても、右京の眼は執拗に追ってくる。

「ひとり合点ならいいが、あいつのおまえへの逃口上、じゃあないのかな？　お関」

しばらくだまって、

「どうだ、左の字をふっつり思いきってこのまま屋敷にいる気はねえか？　いいや、もう女中ではない、奥方とまではゆかんが、まあ似たようなものだ」

妾《めかけ》になれ、といっているのだ。お関は返事もしないことにした。ただ、もう眼からのがれるのをやめて、右京をじっと見返すことにした。

「いま、思い立ったことではない。おまえがこの屋敷にいたころから考えていたことだ。おまえはおれという男をよく知っているだろう？　そのおれがおまえに手を出さなんだのァ、いじらしや右京、どうやら、おまえにしんから惚れているらしい。それがな、あとで——左の字にふいとさらわれてしまってから思いあたった」

どうしても、眼と眼をあわせてはいられない。蛇に魅入られたような恐怖がじわじわと全身に粟《あわ》をたててきて、お関は眼をつむってしまった。

「だれか、おまえをやつれたといった奴がある。おれからみると、やつれておまえはいっそうきれいになった。その骨細のからだ……まっ白な肉がスンナリついて……、口が小さくて、眼ばかり大きい……そういう女こそ、いったん火がつくと、もう少しだからもっともっとと、くたくたになるまで男をはなさぬものだ……おまえのような女が、ほんとうにおれと合うのだ」

眼をとじたお関の顔に、右京の息がかかってきた。はっとして、身をねじろうとして、その手をつかまれた。

「これ」

——実をいうと、お関に執心したればこそ左三郎に彼女を賭けさせたのだが、さすがに昨晩一夜は決心がつきかねた。もし彼女をどうとかして、あとで左三郎の仕返しをうけるのが恐ろしかったのだが、その左三郎がけさになってもこないのは、さてはきゃつお関をあきらめたな——少なくとも、女房のからだをもてあそばれるくらいは覚悟の上だろう——と、いまになって右京がそう考えたのは、実はふいにめらめらともえあがった肉欲の炎のなかの最後の勝手な理屈だ。

「お関」

嗄《かす》れたような声でいって、ぐいと肩を抱きしめる。お関は必死でそれをふりはらって立ちあがった。

「旦那さま、御無礼でございましょう。関はいま藤田左三郎の妻でございます」

りんとしていったのを、右京はあきれたように見あげて、ふいにげらげらと笑った。笑ったかと思うと、猛然と立って強引にお関を抱きふせるのにかかった。

ものもいわず、死物狂いの争いであった。お関の髪はばらばらになり、襟《えり》はぬけて白い肩から一方の乳房までまる出しになった。くるくると帯がとける。それでも必死にのがれようとする裾をふまれて、回転しながらころがったお関に右京はのしかかった。両肩をおさえ、

「ふふふふ、武士の妻ほどあって、強いな——といいたいが、御家人が一人前の侍かよ？　これ、いまのせりふをもういちどきかせてくれ」

と、あえぐお関の赤い唇を、指でつついた。その指に、お関はかみついた。

「あうっ」

激痛に、右京はそりかえった。狂気のごとくふりはなそうとしたが、お関の口ははなれない。男の腕と女の顔が大きくふられると、ぶきみな音をたてて、腕は顔からはなれた。右京はとび

さがって、仁王立ちになった。その右手のさきから血がたたみに糸をひいておちている。右手の人差指は、半ばかみきられていた。

「やったなあ……」

右京は全身をひきつらしてうめいた。

まるはだかの半身を起してこれをにらみつけていたお関の唇からも、血がしたたっている。

ふいにぱっとはね起きて、庭の方へにげようとしたその出会いがしらを、

「殿さま。ど、どうなすったんで――」

と、七八人の男がかけてきて、ふさいだ。きのうからとまっている無頼漢たちだ。

「つかまえろ」

右京はそういって、ふいに、

「あっ、いかん」

と、いきなりお関にとびついて、その頬をうち、たおれたお関の口に、そばにおちていた煙管《キセル》をつっこんだ。彼女が舌をかみきろうとしたのをふせいだのである。

「おい、うぬら、これをこのままにしておけ」

と、右京は男たちにお関の手足をおさえさせ、煙管もそのままにさせてから、どっかと坐った。

男のひとりが、右京の指のかみとられたのに気がついて、あわてて焼酎《しょうちゅう》と布をもってきた。だまりこんで手当をしながら、右京は蒼い顔でお関をにらんでいたが、

「言いも言ったり、侍の妻か？」

と、下あごをつき出して、もういちどにくにくしげにいった。

彼は激怒していた。猛烈な抵抗をうけてぶざまな失敗をしたことよりも、かみきられた指の痛みよりも、この女が曾《かっ》て熊倉家の女中をしていたということが、彼の怒りをいっそうかきたてたのだ。たとえ奉公をやめても、主従関係は一生涯つづく時代であった。このとき、この男らしくない男の心には、いまの仕返しというより、主人が女中を折檻《せっかん》するような非人間的な、感情がたしかにうごいていた。

「おい」

と、右京はうめくようなしゃがれ声でいった。顔が、凄じい笑いに痙攣した。

「その女の歯をぬいてやれ」

「——歯？」

「おれの指をくいちぎったふとどきな歯だ。おさえつけて、朝までかかっても、一本のこらずひきぬいて、ばばあ面にして追い返せ！」

翌る日も、雨であった。

徒労な金策にもだえて、半病人みたいになって眼をひらかせていた藤田左三郎は、家のまえにどやどやと跫音《あしおと》がとまるのをきいて、かけ出した。

一梃の駕籠《かご》をかこんで十人ちかい男たちが立っていた。

「藤田、女房をつれてきたぞ」

と、蒼い顔でいったのは、恩田という旗本だ。うしろの平岡をはじめ、例のやくざ連中がいっせいに刀の柄をおさえたり、ふところに片手をいれたりしていた。熊倉の姿はない。

「熊倉さんが、仏ごころを起して返す気になったのだ。別に傷物にはせなんだから、安心しろ。その点は女房にきくがよい。……ただふとしたはずみで、熊倉さんの指をかみきった。そのお返しにちょいと牙をぬいたが、これはあいこだ。何しろもとの御主人なのだから、それですんだのを御慈悲だと思え。これをわたしておく」

と、左三郎の手に、紙づつみをおしつけた。

茫然《ぼうぜん》としてうけとって、左三郎はその紙づつみをひらいた。なかに、血まみれの三十二枚の歯があった。

男たちはどっと逃げ去った。

左三郎は駕籠の垂れをあげ、立ちすくんだ。

四

三日目の夜である。

依然として賭場《とば》を開帳していた旗本熊倉右京の屋敷に、ぶらりと藤田左三郎があらわれた。

ふしぎなことに、いつ入っていったのか、門番も気がつかなかったというのだが、これは例によって酒に酔いくらっていたからだろう。

座敷に飄然《ひょうぜん》と入ってきた左三郎をみて、一座は顔色をかえたが、左三郎はにこにこしていた。

「おい、また来たよ。おれも仲間に入れてくれ」

と、あけっぱなしの笑顔で盆ござにわりこんだ。

「左の字」

と、右京はかんだかく呼んで、急に声をおし殺して、

「賭けるものはあるのか」

と、いった。

「おれのいのち」

と、左三郎はあごをなでた。

そのくびに、数珠のようなものがかけてあった。しかし、百八つの珠ではない。ばらばらに糸でつないだ――はじめ奇妙なかたちの真珠とみえたが、それは人間の歯であった。

「いのち？　藤田、まけたらほんとにいのちを払うか？」

「ああ、払う、こうして数珠までかけてきたのだから、大往生は覚悟のまえさ。もっとも、妙な数珠で、珠は三十しかないが半人前にも足りねえおれには恰好《かっこう》だろう」

その歯がだれのものか、右京は知って蒼ざめた。

いったい、どういうつもりで、左三郎はここにのりこんできたのか？

「ただしおれの注文をきいてくれるかね。三つあるんだがね。まず、勝負の相手は熊倉さんだけだ。それから、このまえのさいころは縁起がわるい。おれのもってきたさいころをつかってもらいたいのだが、いかさま賽じゃねえから、よっくみてくれ」

ぽんと投げ出した二つのさいころを、壺ふりがひろいあげた。

真っ白い賽に一天地六の目をいれて、ためつすがめつして見ても、たしかに、いかさまの仕掛はない。

右京は、左三郎がなんの底意もなくやってきたとは思わなかった。第一女房のことを、一句もいわないのがうすきみわるい。昨日おととい、万一のことを考えて、一同おっとり刀で待ちかまえていたくらいだが、しかしいまの注文をきいて心中やや愁眉《しゅうび》をひらいた。

やぼな刀をふりまわさないで、さいころ勝負でかたをつけにきたとは、左の字らしくもないしゃれたまねをしやがる。これできゃつの命をおさえたら、あとあとまで枕をたかくして寝られるというものだ。

「よし、その注文に異議はない。おまえが命を張るといったのは、ここにおるものみんながたしかにきいたぞ。それで、三つめの注文はなんだ」

「おまえさんの張るものさ」

「陀羅尼の数珠か」

「歯だ」

熊倉右京は口をうごかせたが、とっさに声が出なかった。鉛いろのひたいに、汗がにじんできた。それを見ている仲間の眼に気がつくと、たたきつけるように、

「よし、やれッ、丁だ！」

と、絶叫した。

「半」

山彦のような左三郎の声につづいて、壺振りが、

「勝負っ」

と、さけんで壺を伏せた。壺をあげた。半であった。

——左三郎は二つのさいころをひろいあげて、愛撫《あいぶ》するようになでさすった。

「お関。やはりおめえはおれをまもってくれたなあ。……いま、熊倉の歯をそなえてやるから、成仏しろ。……」

「さ、左三郎、お関は……」

「のどをついて死んだよ。このふたつのさいころは、あいつの歯だ。——敵討《かたきう》ちといきてえが、おまえさんもおれも、はばかりながら敵討ちなんてまっとうなやりとりのできる侍じゃねえ。首のかわりに、歯をもらおう。助かったと思ったら歯をむいて笑え。やい、笑わねえか！」

「…………」

笑うどころか、恐怖に満面をひきゆがめた。

ふいにとびずさろうとした熊倉右京の顔を横に白い光芒《こうぼう》がはしった。

右頬から左頬へ、口をふくめて切り裂かれて棒立ちになった右京のまえに、唇はにっと笑い、涙をうかべ、藤田左三郎は刀身をひっさげて、そろりと立った。

行燈浮世之介

一

貞享《じょうきょう》三年といえば、元禄に入る二年前、徳川綱吉が将軍になってから六年目、江戸を彩る花にソヨ風もふかぬ、その春のおぼろ夜のこと。

呉服橋内にある高家吉良上野介義央《こうけきらこうずけのすけよしなか》の邸に、世にも奇怪な事件が起った。——そのことに気がついたのは、お慶という娘ひとりである。

それまで彼女は、奥方の富子の絵双六《すごろく》のお相手をしていたのだが、それがこのごろ新発明の道中双六、奥方がひどく興にいって、殿さまもお呼びしておいで、と仰せつかったのだ。笑顔をまだのこしながら、長い廊下をあるいていったお慶は、ふっと立ちどまった。奥の書院のまえに、だれかが立っている。

ひとりではない。見上げるような黒頭巾《くろずきん》の影三つ。

はっとして、

「——曲者《くせもの》!」

さけぼうとしたとき、書院から、当の上野介が出てきた。

それをまた、四つ五つの頭巾の武士がとりかこんでいる。そのまま、みな黙々として、縁先の方へあるいてゆくのだ。

お慶はそのとき、はじめて縁の戸が一枚ひらかれたままなのに気づいた。

「ど、どこへつれてゆこうと申すのじゃ？」

ふるえる上野介の声がきこえた。これだけの人数がいつ入ってきたのか、それもふしぎなら、この場におよぶまで、彼がひと声もあげなかったのは奇怪だった。

これに対して、べつにはばかっているともみえぬ野ぶとい返事がきこえた。

「だまって、参られい」

凍りついたように立ちすくんでいたお慶は、このときはじめてすすみ出た。

「もし、殿さま」

懐剣のつかに手をかけて、梨の花のような顔いろだったが、さすがに家老の娘、気丈なものだった。

このお慶という娘、実は吉良家の腰元ではない。上杉家の江戸家老、千坂兵部《ちさかひょうぶ》の娘である。

——というのは、いまの米沢十五万石の主、上杉弾正大弼綱憲《だんじょうだいひつつなのり》は、この上野介の実子であるのみならず、上野介の奥方富子は、まえの米沢藩主綱勝《つなかつ》の妹という縁にあたる。そういう関係から、この日、お慶が吉良家に御機嫌うかがいにきて、はからずもこの怪事に遭逢した。

「何奴？」

と、ふりむいたのは黒頭巾。──夜中ひとの邸におし入って、出てきた人間に、何奴もないだろう。が、それよりもいぶかしいのは、当の上野介で、

「慶か」

沈んだ声でいった。

「仔細《しさい》あって、いずれかへ参る」

子供じゃあるまいし、じぶんのゆくさきもわからない。これが四十五歳、しかも高家筆頭の人のことばともみえないが、書院からながれ出すあかりに浮かんだ上野介の顔──若いとき上杉家の息女富子姫が、その美男ぶりにほれてみずからすすんで輿入《こしい》れしてきたとつたえられるその気品ある顔が名状しがたい苦悩と恐怖にひきゆがんでいる。

卑屈におびえた表情で、同意をもとめるようにまわりを見まわし、

「すぐに、帰邸いたすであろう。……な……暫時《ざんじ》の用じゃ」

といったが、頭巾の武士たちは知らあん顔、そのまま上野介をつつんで、音もなく庭へおりてゆく。

「……殿さま！」

「ついてくるでない！」

ちらとむけた上野介の顔は、狼狽《ろうばい》と哀願にねじくれて、

「家人には申すなよ。ざ、暫時の用じゃ。奥にも、な、なにも申すでないぞ。——」

信じられないことだった。お慶は夢にうなされているのではないかと思った。

が、これは悪夢ではない。十人ちかい頭巾の群にかこまれて、上野介は、庭を通り、西どなり、松平丹波殿と小路《こうじ》をへだてる塀の方へつれられてゆくのだ。みていると——塀には縄梯子《なわばしご》がかけてあって、曲者たちはそれをつかって入ってきたものらしく、また塀の上の春の月を背に、つぎつぎに夜がらすのようにとびあがってゆく。

あろうことか！　枝も鳴らさぬ江戸城の松がすぐそこにみえる大名小路のまんなかで、高家筆頭がさらわれてゆくのだ。

あまりの意外さ、不敵さに、ほとんど気死したようにたちすくんでいたお慶は、このときはじめてわれにかえった。

「——奥方さま！」

呼びたてようとして、はっと口をおさえる。

奥方には申すでないと、殿さまは仰せられた。あるべきことではないが、あのただごとでないお顔のいろからみて、そのおことばが、実に容易ならぬものをふくんでいるとは察しられる。

したが、この怪異をみて、みすみす見のがしておれようか？

「そうじゃ」

お慶は、けなげにも決心した。

「わたくしひとり、曲者のあとを追って！」

二

どこからか白い貝のように花びらがちってくる。夜がふけて、月のみが明るい。月はおぼろだが、そのためかえって、蒼いひかりが、空中いっぱいに霧のようにたちこめていた。――右は神田川、左は大名屋敷らしい練塀がつづく。

そのなかを寛々とあるいている二つの影。まえは、深編笠に、夜目にも華麗な牡丹《ぼたん》模様の蝙蝠羽織《こうもりばおり》をきた武士で、

「粋な黒塀、見越しの松に、仇《あだ》な姿の洗い髪。……八助、そのつぎの文句は、どうであったな」

と、きいた。――というのはうそだ。ほんとうは、今宵廓《こよいくるわ》でおぼえてきた、ちかごろはやりの浄瑠璃《じょうるり》節を口ずさんでいたのだ。天才竹本義太夫《ぎだゆう》が、大坂道頓堀《どうとんぼり》に櫓《やぐら》をあげたのはつい先年のことである。

「どうじゃ、八助、義太夫にもまけぬ声とは思わぬか？」

「ねい、そういうのをねぶか節と申します」

「ねぶか節?」

「されば、節がござりませぬ」

手ひどくやられて、呵々大笑《かかたいしょう》した声もあかるく、この武士、ひどく暢気《のんき》なたちらしい。もっとも、いささか酔っているようだ。

この痛烈な音楽批評家は、とみると、まるでこのおぼろ月夜に浮かれて、大狸が化けて出たかとさえ思われる大兵肥満のひげ奴《やっこ》。ニコリともせず、主人の堕弱な浄瑠璃を、ニガ虫かみつぶしたようにきいていたが、なにかまだ口をとンがらせていいかけて、そのとき、きっと前の方をみた。

「旦那さま」

向うから、どやどやとやってくる一団があるのだ。急にそのなかから、どっと笑い声がおこると、春の夜のしずけさをやぶる傍若無人《ぼうじゃくぶじん》の大コーラス。

「夜ふけて通るは何者ぞ、

加賀《かが》甲斐か、泥棒か、

さては、坂部の三十か」

こちらの二人が、路ばたの柳のかげに身をさけて見まもっていると、ちかづいてきたのは、十人あまりの黒頭巾の群。それがひしとまんなかに一梃の駕籠《かご》をとりかこんでいる。

——と、頭巾のひとりが、ふと立ちどまった。

うしろの方をすかして、

「うぬ、まだついて来おる」

と、舌打ちしたかと思うと、その手にぼうと青いひかりがはしった。刀をひッこぬいたのだ。

「ぶッた斬ってくれる」

「そうじゃ、ききわけのない女め、斬っていただいてよい」

これは駕籠のなかからきこえた、しゃがれた声であった。

黒頭巾たちは、ちょっと眼を見合わせたが、すぐに、刀をぬいたひとりがうなずき、あごをふった。

「さきにゆけ」

駕籠をとりかこんだ一団は、そのまま、月明りにかるい砂ほこりをまわせて、タッタッといそぎ足になる。

あとにひとりのこった黒頭巾のみ、抜身をぶらさげてもどっていった。

「うるさい奴め、ふびんながら」

「おまえさまがたは、どちらさまでございます？」

女の声だった。月光のなかに、蠟《ろう》のように青く、石のようにかたく、武家風の娘が立っている。——お慶である。

頭巾はせせら笑った。

「それ知りたくば、明日にも主人はかえす。その主人からきくがよい。——と思っていたが」

肘《ひじ》があがった。

「強情な女め、その主人が斬ってくれてさしつかえない、と申したぞ。それ、念仏をとなえろ」

声と同時に、娘の頭上にながれる刀身、ぱっと青白い閃光《せんこう》がちったのは、あやうく懐剣でうけとめたのだ。——さすがは、上杉に千坂ありといわれたほどの家老の娘、受けは受けたが、相手は武士、そのまま裾をもつらせて、ヨロリとよろめく。

「小癪《こしやく》な!」

わめいて、息もつかせず振りおろそうとした刀が、ピタととまった。何者か、ヤンワリとその肘をつかまえたのだ。

「女を相手にいけませんな」

おだやかな声に、頭巾の眼が、おどろきと怒りに物凄《ものすご》いひかりを放って、ぱっとふりはらおうとしたが、とらえられた腕はうごかばこそ。

いうまでもなく、これはさっきの編笠の侍だ。かるくポンとつきはなすと、一回クルリとまわって尻もちをついた黒頭巾、声も逆上して、

「うぬ、邪魔だてするかっ」

おどりあがって、横なぐりに斬りつける刀を、ひょいとかわして、つかつかと手もとにつけいると、拳が頭巾のわき腹へ。

「むっ」

くずおれる相手を見下ろして、

「まるで、狂犬《やまいぬ》のような奴じゃの、八助、川へ放りこんで、眼をひらかせてやれ」

「ねい！」

とこたえてひげ奴、かるがると頭巾のからだをつかみあげると、ドボウン！　と水けぶりもしろく神田川へなげこんだ。

「御女中、怪我はなかったか？」

「……あ、危きところをおたすけ下され、かたじけのう存じまする」

お慶は、ピタと地面に手をついてお辞儀をしたが、そのまま気がせくか、駕籠のきえていった行方にのびあがって、よろめき立とうとする。

「御免あそばして下さいまし。……去る御身分たかいおん方の大事でございまする。せっかく

命、お救い下されて、お礼申しあげるいとまございませぬ。――」

「どこへ参られる？」

「いま、さきへゆきました駕籠に、そのお方……があやしき者どもにつれてゆかれました。わたくしはその家来すじのもの、どうあってもそのゆくえをつきとめねばなりませぬ」

「ほう、さっきの駕籠に。……御身分たかいおん方とは、どなた？」

お慶はだまった。

心もあせるが、それより殿さまが、なぜか家人にすら今夜のことを知らすでないぞといったことを思い出したのだ。それほどふかい仔細のあることを、この何者ともしれぬ武士にうちあけていいものか、どうか。――

「いまの頭巾どもは、何者です？」

「……それが相わかりませぬ。夜中邸におしこんで、むりにそのお方をかどわかしていったのでございます」

「なぜ？」

「それも、わたくしには」

「それも、わからぬ？　はははは、で、そなたの名は？」

「………」

相手の武士は首をかしげてお慶の苦しげな顔を見まもっていたが、しずかに編笠をぬいだ。月光に浮かびあがった顔は、まだ若い、年は二十七八だろう。が、色白で、ユッタリふとった頬は、いまの手練が信じられないほど、明るくて鷹揚な気品がある。――一眼みて、お慶は、あやうくこちらの素性をあかしたい気持になるところだった。

が、その武士は、ひげ奴をふりむいて、

「八助、江戸にはやはり面白いことがあるものよ喃《のう》」

「ねい」

「お女中、仔細はまったく相わからぬが、このままそなたがあの駕籠を追われても、いまのような憂き目にあわれるは必定《ひつじょう》、それを知っていて、このままお見過しするわけにも参るまい。出過ぎたまねだが、幸か不幸か、こっちもたいくつなところでござった。そなたに代って、拙者どもが追って進ぜよう」

「え、それは」

「いや、御案じ下さるな。なにやらふかい仔細があるらしい様子、それを承る気もなければ、そのいとまもない。駕籠を追ってみて、相わかったことで、さしつかえあることは口外はいたさぬ。……ただ、駕籠のゆくえをつきとめればよろしいのですな?」

「さ、左様でございますが、けれど」

「されば、明朝にでももういちどここへおいで下さい。何か御報告いたすでござろう」

そういったかと思うと、悠揚《ゆうよう》せまらぬ身のこなしながら意外にかるがると、足をはやめて立ち去りかける。

なぜかお慶は、頰に血ののぼるのを感じながら、あわてて呼んだ。

「もし、あなたさまの御名前をおきかせ下さいまし」

「名か」

といって、武士はひげ奴の顔をみて笑った。

「八助、上方では、このごろ西鶴《さいかく》とやらのかいた、浮かれ男、世之介という名の男が評判じゃのう」

「ねい。……いや、わたくしは存じませぬ」

「ははは、御女中、そちらも名なし、こちらもいまのところ……世之介、浮世之介、そうだ、行燈浮世之介《あんどんうきよのすけ》と知りおかれい」

笑い声は、もう十間も遠くのけぶる月光のなかだった。

「八助、いそげ！」

「ねい！」

三

「知らぬ、知らぬ」

両腕をとらえられたまま、吉良上野介はしぼり出すようにさけんだ。

向島《むこうじま》の、或る屋敷の、庭に面した一室である。いったいだれが住んでいる家か、それとも、もしかすると、ふだんは無人屋敷かもしれない。唐紙はやぶれ、壁はおち、人がうごくたびに、たたみから、うすい塵《ちり》ほこりが、けむりのように暗い油火をにごらせる。——それほど荒れはてた家なのだ。

「わしの旧悪について、ただしたいことがある、などと申して、左様なことか？　たっ、たわいもない、たわけた申し分を……」

だいぶ、いためつけられたとみえ、鬢髪《びんぱつ》はみだれているが、唇をゆがめて笑った顔は、長《ちょう》袖《しゅう》の高家《こうけ》ともみえぬくらい、老獪《ろうかい》で、ふてぶてしい。

「いいや、こっちで証拠はつかんである。武士らしくもない卑怯《ひきょう》ないいのがれはなさらずと、サッサとここへ罪状をしたためられえ」

ぐるりととりかこんだ頭巾のなかから、仁王立ちになったひとりが、紙と筆をおしつけた。

上野介は必死に身をひいて、

「証拠？　二十二年もまえの話、わしさえも茫々《ぼうぼう》夢のごときむかしのことじゃ。おぬしたちに、どんな証拠？」

「たぬきめ！」

と、叱咤《しった》する声があがった。

「おまえさまのことじゃ。容易にらちはあくまいと思っておったが、よいわ！　どこまでも知らぬ存ぜぬとあれば、それ！」

声と同時に、向うの唐紙がサッとひらく。

「あれ、見られい！」

あけられたとなりの座敷をひとめみて、上野介は、はっとする。

だれだって、これはおどろかずにはいられないだろう。この塵とほこりと蜘蛛《くも》の巣と、五彩剝落《はくらく》の座敷のむこうに、忽然《こつぜん》と、青だたみ、銀燭まばゆい一室があらわれたのだ。

金張付《きんばりつけ》の襖をみてもわかるように、これはどうしても大名の座敷だ。そのとおり、座敷には、羽二重の白無垢、みるからに身分のたかいふたりの人が対座して、食事をとっている。そのむこうに寂然《じやくねん》と侍している能面のような老女。

ひとりは、年二十七八、色白で、病身らしいが、どことなく剛毅《ごうき》の風がある。もうひとりは、やや若く、二十二三歳。いかにも才子らしい面長の貴公子。

「…………」

と、年上の貴人がなにやら話しかけたらしく、唇がうごいたが、声はきこえない。が、何か話のつづきとみえて、ふとたちあがって、背をみせて、床の間からひとつの茶壺をとりあげた。

「…………」

「…………」

年若の貴公子が、老女と顔を見合わせてうなずきあう。と、みるまに、その貴公子の手ににぎられた紙づつみのなかから、相手が床の方にむいているあいだに、その汁椀のなかへ、サラサラと白い粉がこぼれおちた。

貴人は、壺をとって、もとの姿勢にかえる。笑顔で、壺を若いほうにわたす。いままで茶壺かなにかの話をしていたとみえる。

――これが、まったくの沈黙劇、恐ろしい静寂《しじま》。

そのしずけさをやぶったのは、だれかのあえぎ声で――それはこの劇中の人ではなく、見物の方の――オイ、どうしたんだ。吉良上野介、土気いろのひたいにふつふつとうかんでいるあぶら汗。ぱっくりひらいた口からもれるふいごのようなのどの音。

劇はつづく。

さも感にたえるように、もったいらしく壺をひねくりまわしていた若い貴公子が、急に身をひいて、上眼づかいにじっと相手をみた。相手の貴人は、このとき懐紙《かいし》で口をおさえた。とみるまに、懐紙がヒラと下におちる。その真ッ白な紙にえがかれたのは、真紅の血だ！

「うっ！」

ついにうめいたのは、その貴人ではなく、吉良上野介。

とたんに、へだての唐紙がピシャリとしまって、いまみた光景は幻のよう。ただこちらに、上野介がくずおれて、平蜘蛛《ひらぐも》みたいにつッ伏しているばかり。

頭巾のひとりが、すッくとたちあがった。

「のませた薬は、南蛮渡来の妖しの毒。そのむかし長崎奉行の水野河内守どのが切支丹《きりしたん》から召しあげられたもの。それが一族の水野十郎左の手に入り、水野家断絶のさい、いとまをとった老女が、その薬をもったままおまえさまの家に奉公し、また数年後、御存知の屋敷に奉公した――」

「……おお！」

「われらはそこまで証拠をつかんでおるのだ。とんと胆《きも》におちたら、ササ書かれい。おぬしの罪状をひとふでしたためられい！」

「……おお！」

「御心配は無用。おまえさまの家をつぶすようなことはせぬ。……書かぬとあれば、もういちどいまの光景をみせようか？」

「かく、かく、書く。……」

なんともいえない、上野介の恐怖のうめき声だった。

――ところで、この光景を、さらによそでながめていた人間がふたりある。蓬々と小暗いままでにおいしげった庭の草のなか。すなわち、行燈浮世之介と名のる武士とひげ奴《やっこ》。

「はて？」

と、ひげ奴をふりむいて、

「見たか？　八助」

「ねい」

「いま、毒殺された……とみえた貴人の紋を」

「紋？」

「されば、竹に飛雀」

おっとりした顔をかしげて、月を仰いだ。

「竹に飛雀。もし大名ならば……それは米沢の上杉家じゃが……」

四

「草の枕の霜夜にぬれて
　ひとり寝を鳴くきりぎりす
　おぼしめすやらその恋風の
　きては枕にそよそよと。……」

花の廓《くるわ》は揚屋町、その揚屋桐屋の奥座敷で、三味線をひざに、いっしょけんめい、加賀ぶしを練習しているのは、行燈浮世之介という武士である。

声質はいいのだが、先夜供の八助にわらわれたように、どことなく調子にまのびしたところがある。呼ばれてきた大黒屋の太夫和泉《たゆういずみ》をはじめ、禿《かむろ》や太鼓たちもおなかをかかえてしのび笑いをしている。雪洞《ぼんぼり》にまだ灯の入らない、のどかな春の宵《よい》の口だった。

しかし、いい客だ。みんなが、そういう。金ばなれのいいことはむろんだが、まだそれほどの年輩でもなく、江戸の侍ともみえないのに、実にあかぬけした、明るい鷹揚な遊びである。手れん手くだの本尊の遊女の方が、かえって教えられる。

さっきも、和泉が、ふと、

「客のなかで、こちらの心をみるために、今夜は帰る、とか、泊ってゆこうか、と気をひいてみるお方がある。ほんとに泊ってもらいたいお客もあれば、ぜひ帰っていただきたいお客もある。それでそのとおり正直にいうと、たいていの場合、泊ってもらいたいお客は帰るし、帰ってもらいたいお客は泊る。いったいどういえばいいのだろう」

というようなことをつぶやいたら、カラカラと笑って、

「鸚鵡《おうむ》じゃ、鸚鵡じゃ」

と、いった。

「主さん、鸚鵡とはえ?」

「されば、泊ろうといった客には、ほんに今夜は夜もすがら酒をのみあかしましょうといってやるのじゃ。そうすれば、そのお客はかえるわさ。また、帰るといったお客には、どうぞお帰りといってやるのじゃ。そうすれば、奇妙にその客は泊ってゆくものよ。これを鸚鵡どめといって、山鹿《やまが》流の兵法に、ちゃんとあるぞ」

「うそをつきなんし」

といったが、和泉は、なるほどと思った。これは大した心理学だ。

幇間《たいこ》の伊太夫が面白がって、

「これは恐れ入ったる御軍学。それでは、このごろ銭もないくせに、すこぶる結構な小袖をき

てくるお客があれば、またたいした身上持でありながら、そそうな小袖をきてくるお客さまもござる。なんとそれを見わける工夫はげせんか」

「脇差《わきざし》を見ればよかろう」

答は簡単で、そのものズバリだ。しかも本人はにこにこして意に介する風もない。禿《かむろ》のりん弥が膝で出てきて、

「いくらわびてもきかぬお客さまには、どうすればいいのじゃえ?」

「ただ、泣け。女はひたすらに泣いてみせるがいちばんじゃ」

「それでも、涙が出ぬときはえ?」

「眼に、みょうばんをさせば、涙は出るぞ」

「代議士さんなどがきて、いばりちらしたらえ?」

「となりに、売春処罰法案の女史どもがきてござると申すがよい」

どっとあがる笑いのうず。当人はけろりとして、それより加賀ぶしに熱中している。

「閨《ねや》のそらだき、うきねの床に
きては枕にそよそよと
阿波の鳴門に身はしずむとも
君の仰せはそむくまい

とは思えども世のなかの
人のこころは飛鳥川《あすかがわ》、……」

そのときひげ奴《やっこ》が屋敷に入ってきた。

「いって参じました」

「苦労をかけた。それで？」

「それが、旦那さま。あの屋敷はずっと無住とのこと。それで、わたくしめ入ってみましたら、なんとあのような金張付の襖も青だたみもござりません。とんと狐か狸に化かされたようでござります」

このあいだの向島の屋敷のことだ。

あの翌朝、約束どおりこの主従は、左衛門河岸にいってみた、ところがどうしたわけか、あの娘はやってこない。念のため、次の日もいってみたが、やはり娘はあらわれない。それで、三日目のきょう、もういちど、ひげ奴を向島へやって、あらためてあの屋敷のことをさぐらせてみたわけだ。

「左様か。それはいよいよ面白いな」

と、浮世之介はちょいと小首をかしげたが、べつに失望した様子もない。

そのとき、中庭の向うで、わっとさけぶ声、器物のこわれる音がした。あけはなした障子越しにながめると、そちらの座敷にみだれうごく影、影、影。

「ならぬ、ならぬ、薄雲《うすぐも》を呼べ」

「亭主っ、われわれ直参をなんと心得ておる」

「薄雲を呼べっ」

酒乱の声だ。狂人の声だ。野獣の声だ。

それにまじって、この揚屋の亭主桐屋市左衛門のたたみにあたまをこすりつけつつ哀願する声がきこえる。

「花魁《おいらん》の気色わるきため、お歴々さまにおいとまごいもつかまつらず店へかえりましたる段、重々、不都合ながら、わたくしめに免じて、なにとぞおゆるし下されまするよう」

「ならぬっ、薄雲をまいちど呼んでまいれ。まいちど酌《しゃく》をさせねば、かんべん相ならぬぞ」

「いえいえ、あれは三浦屋秘蔵の花魁、まちがいがあっては相なりませぬゆえ。……」

「まちがいとはなんじゃ？　女子大生を呼ぶのではないぞ。売女ではないか。売女の相手に、われわれごときおとなしい上客がまたとあるか」

といって、このおとなしい上客は、刀をひッこぬいた。おそらく、呼んだ花魁にあくどいいたずらをしたために、花魁が挨拶せずにかえっていったのにからんでいるのだろう。

「薄雲を呼ばねば、五丁内撫で斬りにしてくれるぞ！」

こちらの行燈浮世之介、このときニコッと笑った。

「八助」

「ねい」

「あれ見よ。先夜のふたりの貴人が、あそこでゲップを吐き吐き、刀をひねりまわしておるわ」

ひげ奴は、のぞいてみて、はっとした。いかにも、その座敷で、或いは仁王立ちになり、足ぶみしてわめいているあばれ侍のなかに、あのだんまり芝居の貴公子ふたりの顔がみえるではないか？　してみると、ほかの連中もきっとあの頭巾どもなのにちがいない。

「天網恢々疎《てんもうかいかいそ》にしてもらさず。……といいたいが、あの連中、べつに世を恐れているともみえんな」

「ほんに、あれは廓のきらわれもの、いえ、江戸じゅうのもてあましものでありんすにえ」

と、和泉が美しい眉をひそめて、吐き出すように、

「主さんえ、あれが大小神祇組《じんぎぐみ》でありんすよ」

「ほ、江戸にはまだ左様な化けものが生き残っておったのか？」

と、つぶやいて、浮世之介、そのまま三味線を爪びきして、

「あすか川とは夢にも知らで」

とうたいかけたが、ふとひげ奴をふりかえって、
「そのことを、あの娘、知っておるか喃《のう》」

五

「大小神祇組に御用心。御存じ浮世之介より」

外桜田にある上杉家の上屋敷、その鉄金具もいかめしい表門の扉に、こんな紙きれを貼って立ち去った奴がある。門番が気がついたとき、その影はふかい靄《もや》につつまれた暁闇《ぎょうあん》のなかへきえ去った。

大小神祇組。

人も知るよいう、それは旗本奴のなかのひとつである。ほかに、せきれい組、白柄組《しらつかぐみ》などがあり、明暦、寛文のころは、その猛威をもっともたくましくした時代で、無反《むぞり》の長刀をかんぬきにさし、手をふり、足をあげ、天地四方ところせましと横行したから、世人これを六方《ろっぽう》ものと呼んでおそれた。辻斬、喧嘩、無銭遊興、およそ町人泣かせの乱暴としてやらざることなく、あまりにも眼にあまる所業のため、大小神祇組の首領水野十郎左衛門が切腹申しつけられたのは、二十二年前、寛文四年のこと。

それ以来、たびたびのとりしまりにもかかわらず、まだその一党が余毒をながしているものとみえる。

が、そもそも旗本がこうあばれるのは――。

彼らは徳川に天下をとらしたのは、譜代《ふだい》中の譜代、われわれ八万騎の血汗だと思っている。それにもかかわらず、天下をとったそのあとは、他国者の、なかには敵ですらあった大名のみ優遇されて、コチトラはやっぱり、課長級の貧乏ぐらし。その大不満、大不平は依然として解消していないのだから、とうていその自棄的乱行はやみそうにない。

むしろ、いくどかの弾圧で、その悪行はいっそう陰惨味をふかめている。

「よい、よい」

靄の濃いさいかち河岸のほとりで、そううなずく声がきこえた。朦朧《もうろう》たるその影は編笠に面をつつんでいるが、たしかに行燈浮世之介である。

「あれでよいのじゃ。あの娘は上杉家に関係のあるものに相違ない。敵の正体を知らせてやれば、また何かと策のたてかたもあろう」

そのとき、靄のかなたから、あわただしい跫音《あしおと》がみだれて、

「いた、いた、いたぞーっ」

と、絶叫する声がきこえた。

たちまち主従は、三つの影にぐるりととりかこまれた。まんなかの、ひときわ、長身の影が、声を張っていう。

「ただいま、当家の門に、異様なる貼紙をした、行燈浮世之介とはその方か」

「当家？　しからば、各々がたは、上杉家家中の方々じゃな」

「………」

「ならば重畳《ちょうじょう》、敵は大小神祇組のならずものども。せいぜい用心堅固になされい」

といったとき、右はしの影が、ぱっとうごいて、水光のごとき一閃《いっせん》が靄をきった。浮世之介の上半身がかすかにかたむいてこれをかわすと、

「これは慮外」

と、叫んだ。

「わたしは、少くとも敵ではないぞ」

返事はなく、さっと左の影が跳躍する。

「旦那さま！」

ぬき合わせたひげ奴《やっこ》、かっと刀身がかみ合った。腕はともかく、ひげ奴、おそるべき怪力だ。鍔《つば》ぜりあいにダダダダと相手をおしていったが、相手も容易ならぬ使い手とみえる。なかばのけぞりながら、からくもひッぱずした。空におよ

ぐひげ奴の背にひらめく剣光、横から浮世之介の救いの一刀がこれをはねあげなければ、ひげ奴はきっとひと太刀受けていたにちがいない。

ひげ奴に襲いかかった影を、そのままみごとに地に這《は》わせた浮世之介の一刀は、間髪《かんはつ》をいれず斬りこんできた右の影をお濠のなかへもんどり打たせた。

靄にさしてくる微光をうけて、寂《せき》とひかる刀身。

おや、その刃の肌に血あぶらがない。なんたること、このとっさのあいだに、みね打ちをくわせたとみる。そういえば、その剣法に、春光にも似たおおらかな穏和さがみえる。

「ほう、東軍流とみたが、なかなかいけるな」

ひとつのこったまんなかの影がうめいた。味方をふたりかたづけられて、しかもかすかに会心の笑みをふくんだような声である。

「惜しい。惜しいが、主命じゃ。一命申し受ける」

はじめてその男の刀身が鞘《さや》をすべり出た。声は若く、精悍《せいかん》の気にあふれ、なんとも恐るべき自信。

「主命？　主命と申すは、弾正大弼どのか？」

「いや、おれの主人は御家老、千坂兵部さま。どうせ一命もらい受けるうえは、冥土《めいど》のみやげにきいてゆけ。おれの名は小林平七」

「千坂？　千坂が、なぜ、さまでわしの命をほしがる？　わしは、親切でしてやったことだぞ」

「その親切があだだ。しかし、仔細《しさい》は知らぬ。おれは主命にしたがうまでだ。それ、ゆくぞ！」

三尺の剣が、白虹《びゃっこう》となってのびた。実に、これは魔剣だ。鉄壁も裂けんばかりの豪刀、からくも胸をそらせた浮世之介の深編笠のまえをぱっとふたつに割った。あやういところ。——いままで、ぬぐいとまもなかった編笠だ。ありがたいといいたいが、乱離と斬られた藁《わら》のミゴが眼をふさぐ。息もつがせず襲う第二の烈剣。

「たあっ」

必死の血声をあげたのはひげ奴、黒つむじのごとく横からおどりかかったが、その刃は、小林平七の刃にうたれて、戞《か》っとふたつにおれた。

「死ね！」

六

うずまく靄の底にあがった苦鳴は浮世之介か、ひげ奴か？

ちがう。

ひげ奴を見むきもせずに、きえーっとうなりをたてて三たび旋転する殺人剣。春風のようにとびさがる浮世之介、そのあいだにとび出したもうひとつの影を、袈裟がけに斬ってしまった。

夜はあけつつあった。

靄はあがりつつあった。この影に気がつかなかったのは、行燈浮世之介も小林平七も、おちついているようで、さすがにふりむく余裕はなかったからだろうが、いま、ふたりのあいだに、大輪の花のようにくずおれた姿をみると、はじめて愕然《がくぜん》とせざるを得ない。

「あっ、お慶さまっ」

絶叫したのは小林平七。浮世之介を眼前に、われをわすれて刀をなげ出しとりすがったのは、どれほど彼が驚愕《きょうがく》したかがわかる。

「平七、平七。……そのお方を斬ってはいけない」

斬られたのは、お慶だったのだ。蠟《ろう》のような顔をふりあげて、

「そのお方は……わたしの命の恩人……恩を仇《あだ》でかえすとは父上らしくもない理不尽のなされ方。……」

「父上？　そなたの父上とは」

茫然としていた行燈浮世之介は、このとき刀を鞘《さや》におさめてひざまずいた。

「はじめて御意を得る」

靄のかなたから、沈痛な声がして、あゆみよってきた影がある。四十をちょっとすぎたくらい、瘦《や》せているが、みるからに一個の人物とみえる武士だった。

「上杉家家老、千坂兵部でござる」

そういって、兵部はうずくまって、娘を抱きあげた。

「父がわるかった。まことに天魔に魅入られた罰かもしれぬ。お慶、ゆるしてくれよ。……」

お慶はかぶりをふった。そして、死相の浮かんできた顔を浮世之介にむけて、

「浮世之介さま、父をどうぞゆるしてやって下さりませ。父を……父を」

声もなく、浮世之介はうなずく。が、急にその耳に口をよせて、

「千坂殿の御息女、拙者は、播州赤穂《あこう》、浅野内匠頭《たくみのかみ》の家老をうけたまわる大石内蔵助《くらのすけ》と申すものでござる。命たすけられた礼は、こちらから申しますぞ」

と、いった。

お慶の大きくなった眸《ひとみ》に、明るい笑みがひろがった。その頭が、がくとおち、身体はしだいに冷たくなってゆく。

それをゆすぶるのもわすれて、千坂兵部は愕然としていた。消えつつある朝靄のなかに、四つの影は、凝然と立ったままである。

「御変名とは思ったが、これは」

ようやく、千坂兵部がつぶやく。

「出府中、たいくつまぎれの御節介が、思わぬ大事となりました。ふかく、おわび申しあげる」

と、大石内蔵助も頭をたれる。千坂兵部は決然と顔をあげて、

「いや、娘の一命など、いまはさしたることでない。上杉家にふってわいた大災難。……われらが敵を貴公がさぐって下すったのも、なにかの御縁でござろう。もはやすべてを打ちあけ申す」

兵部は、苦悩の翳《かげ》を頬にしずめて語り出した。

「もはや二十二年前のことでござるが、上杉家の先君綱勝さまは、この外桜田のお屋敷で、急死あそばされた。寛文四年閏《うるう》五月七日、おん年わずかに二十七歳」

「………」

「御同席の方は、綱勝さまおん妹婿にあたられる吉良上野介様だけでござった。……」

「おお、さては」

「御存知寄りのことでもござるか？」

「いや、それで？」

「綱勝さまには御子がない。さればによって、やむなく吉良さまの御子三之介さまを御養子に

むかえられ、その三之介さまが、いまわれらの主君弾正大弼綱憲さまでござるが。……このたび」

「相わかった。悪者どもが、その綱勝さまの御死去に疑いありと申してきたのでしょう。……したが、それは、まことでござるか？」

「まことか、うそか、それはわかり申さぬ。というよりは、臣下の分として拙者の口にできぬところでござる。ただ、昨日、吉良家より千両の金がいずれへかわたされたということはたしかなことです。しかも、上野介さまは、そのものどもになにやら、わるい証文のごときものをわたされた御様子、このぶんにては、吉良家は骨のずいまでしゃぶられるは必定《ひつじょう》。……」

「いかにも、きゃつらでは」

「しかも、上野介さまは、あの夜のことを、われらに何も打ちあけようとはなさらぬ。敵が大小神祇組とは、貴殿のおかげではじめて判明いたした。そうとわかれば、いよいよ以て容易ならぬ相手。彼らが強請するは、とうてい上野介さまにとどまるまい。かならず上杉十五万石にもその魔手がおよんでくるに相違ない。……」

「………」

「ここにこまったことには、その秘密を、外にはおろか、主君綱憲さまにもお知らせいたしたくないことです。いやいや、むしろ綱憲さまにお知らせ致したくないために、左様な噂のひろがるのをふせぎたいのでござる。かの秘密が、真実であれ、よし根も葉もないことであれ、そのような疑いが上野介さまにかかっているとお知りあそばさば、御孝心ふかき殿のこと、そのおん苦しみはいかばかりか。殿が上杉家の御養子となられたは、おんとし二歳のころでござった。もとよりなにも御存知あるわけはない。が、いま、もし、その御縁組に左様ないまわしき秘密がからまっていたと御知りあそばさば、清廉潔白《せいれんけつぱく》の殿のこと、或いは上杉家より身をひかるるようなことの出来《しゆつたい》いたさぬともかぎらぬ」

「………」

「綱憲公はすでにもはやわれらの主君でござる。いずれへお出し申すとも恥ずかしからぬ上杉家のあるじでござる。大石どの、御推量下されい。われらは臣下として、いまは、ただただ……お家に風波たたざることを祈念するほかはない。されば、……かの大秘密をだれにも知らせてはならぬ。知るものは……その命をもらえ。このあせり、このもだえが、ただいま、理不尽に貴殿の御命をつけ狙わせたのでござった。……」

「わかる、わかり申す」

ふかくうなずく内蔵助。兵部は苦渋《くじゆう》にみちた顔で爪をかみつつ、

「が、もとより真の敵は大小神祇組。恐るべきは彼らの手中にある上野介さまの証文。それをうばいかえすに……右の次第でござれば、表立って上杉藩がのり出すわけにもまいらず、また

のり出してみたところで、はたしてぶじに証文をうばいかえせるか、どうか。……」

「千坂どの」

内蔵助は顔をあげて、春の朝のひかりのなかに微笑した。

「承わった。その証文、たしかにとりかえせばよいのでござろう」

「なに、それができますか？」

「おそらくは。……それこそ、御息女の成仏なされるためにも」

七

大小神祇組は、実に松沢病院的人物の集団であった。
一例をあげれば、
炎天もゆるがごとき夏のまひるに、戸障子をしめきり、屏風《びょうぶ》をひきまわして、綿入れを三四枚かさねて着こみ、大火鉢に炭火をかんかんにおこして、熱燗《あつかん》に煮込うどんをくったり、また極寒の冬の夜に、庭に水をうち、障子をあけはなして、帷子《かたびら》をきて、扇子《せんす》をつかい、冷水をのんで冷しそうめんをくう。——といったたぐいである。
彼らのもっとも愛好する美食といえば、もぐら汁、がまがえるの膾《なます》、へびの蒲焼《かばやき》、みみずの塩辛、むかでの吸物——そのほか、船をくったり、肥料をくったり——いや、さすがの彼らも、現代のどちらさまかには、シャッポをぬぐかもしれないが。

ともかく、そういった大小神祇組だから、一刻千金といわれる春の一夜、そのなかの大将分阿部なにがしかの屋敷で、闇汁会としゃれた。吉良殿からまず千両、大当り祝賀会のつもりかもしれない。

月などはまったく見る気はない。雨戸をとじきり、灯をけして、座敷のまんなかに大火鉢をすえ、大鍋をかけて、汁のなかに、それぞれ持参した食い物をかってにぶちこむ。なにが入っているかわからないところが、はなはだタノシミだ。

その大鍋をとりかこんで、大小神祇組のめんめん、それぞれ一升徳利をかかえこんで、もうグビリグビリやりながら舌なめずりして、

「や、そろそろ煮えてまいったぞ。うむ、匂う、トニカク、恐ろしく匂う。——胃の腑《ふ》が鳴るわい」

「したが、この匂いは、なんじゃ。うまいような、あぶらッこいような、えがらッぽいような——」

「代議士のあたまでも煮えているのではないか」

鍋と火鉢のすきまからチロチロ隠顕する赤い火に、ときにゆらめき浮く顔の物凄《ものすご》さ、さなが

ら、百鬼夜行、大江山の酒宴のようだ。
「それ、蓋をとるぞ!」
「いざ!」
「うまい! しかしこれは、なんじゃ。爪があって、毛がはえて——お、これは猫の足ではないか」
「それはよいものがあたった。こっちは、なんだかなめし皮のようにかたいものじゃが」
「あっ、ぶれい者! ど、どいつだ、下駄をいれおったのは?」
いやはや、たいへんなさわぎ。それでも、おくめんもなく箸が出る。皿小鉢をたたく。徳利がわれる。唄が出る。——
「おとすなら
地獄の釜をつんぬいて
阿呆
羅刹に
損をさすべい」
——と、そのとき、だれかの袖に火でもついたか、闇中にめらっと炎があがったと思うと、
「火事じゃっ」

われ鐘のような叫び声だった。

「あっ」

これにはさすがの彼らも胆《きも》をつぶして、だだっと鍋からくずれ散る。

一瞬に火はきえた。阿部某は、思わずちがい棚の下にあった手文庫にかけよったが、ふたたび周囲が闇にもどって、へんにしーんとすると、

「なんじゃ？　いまの火は？」

癇癪のつよそうな声でわめいて、ぐるっとあたりを見まわした。

すると、誰かこたえた。

「これはこれ、山鹿《やまが》流兵学、その火戦の巻に曰《いわ》く、敵国の人民を悩乱せしめんがために火を用う。……また曰く、敵ふかく守ってはたらかざるとき、わざとその左右を焼きて敵の図をみんために火を用う。また曰く、一方に火を放って敵をあつめ、その虚をうつことこれあり、かくのごときに火を用う――」

「な、なんのことじゃ？　そのねごとは――」

「これだ」

阿部の手が、だれかにおさえられた。手文庫からとり出した紙が、すっとうばいとられた。

「あっ、そ、それは、吉良の――」

「それをもらいにまいったのだ」

「うぬ、な、何者だ。きさま――」

そのとたんに雨戸が一枚、さっと外からはじけとんで、水のようにながれ入る月光、同時に阿部は、

「ううむっ」

と脾腹をおさえてつんのめり、すっくと立っている蝙蝠《こうもり》羽織の寛濶な影がうかびあがった。

歯が白くにっとして、

「名は、行燈浮世之介と申す」

「曲者《くせもの》っ」

驚愕《きようがく》しつつ、刀をもとめて雪崩をうつ大小神祇組。

たちまち凄まじい鋼のうちあうひびきと、絶叫、悲鳴のあがりはじめたのは、外から颶風《ぐふう》のようにかけ入った頭巾の武士が彼らをたおしはじめたのだ。

彼らには、なにがなにやらサッパリわからないが、これは魔剣の使い手、小林平七。

「狭い、ここでは、足場が――」

「外へ――」

発狂したようにわめきつつ、庭へのがれ出ようとした大小神祇組の侍たちは、雨戸の外に待

ちかまえていた巨大なひげ奴のふるう樫《かし》の八角棒に、ひとりずつていねいになぐりたおされた。

——やがて、すべて静寂にかえった庭に、四つの影が立っていた。

「かたじけない、大石どの」

上野介の証文をおしいただく千坂兵部、大石内蔵助は莞爾《かんじ》と笑って、

「なんの、お家をおもう忠節は、臣として相身たがい」

しずかに編笠をかぶった。

「八助、ゆこうぞ」

「ねい！」

兵部は、涙の眼で、

「いずれ、いずれおん礼には、あらためて鉄砲洲のお屋敷の方へ参上いたすが」

「いやなに、このことは、あくまで内輪のこととしておくが、おたがいのためでしょう。拙者は浅野家の大石内蔵助としてお手伝いいたしたわけではない。ただ、花のお江戸に迷いこんで浮かれている田舎侍、行燈浮世之介として、このままお別れいたしたい。——お慶どのの御冥福を祈り申す。おさらば」

美しいおぼろ月のなかを、寛々と遠ざかってゆく深編笠とひげ奴《やっこ》の影を、兵部は二三歩追って、思わずまた呼んだ。

「大石どの。——お名は忘れませぬぞ」

明るい笑い声だけがもどってきた。

「いずれ、御縁があらば」

十五年後、元禄十四年、江戸城松の廊下の刃傷《にんじょう》ののち赤穂城をあけわたし、祇園《ぎおん》で浮大尽としてうつつをぬかしている大石内蔵助の人間を、もっとも深刻な眼で凝視していたのは、上杉家の家老千坂兵部といわれる。そしてまた、赤穂浪士討入り前後、藩をあげて父吉良上野介を救いたいともだえる弾正大弼綱憲を、

「御家安泰のために——」

とおさえぬいて、結果的には上野介を見殺しにさせたのも、千坂兵部といわれる。

そしてまた、内蔵助が山科《やましな》に閑居《かんきょ》するさい、その心事をはかりかねて、心配そうにたずねる忠僕八助に、内蔵助は、ただ一枚の紙に、編笠をかぶった若い武士と、供のひげ奴の絵をかいてわたしたということで、これは往年江戸でみせた青春内蔵助の意気を思い出させたのだろう。

「案ずるな、八助、若いころあれほどあばれた内蔵助じゃぞ」

と。——

その絵は、いまも赤穂の某旧家にあるということである。

変化城

上杉様の居城にては、御家督さだまるごとに、国君手ずから配膳を天主に供したまうことあり。そのときはかたく眼かくしして上らるるを例とすれど、天主よりかえらるるをみるに、いかに勇邁の君にても、かならず面色蒼う冷汗したたりておわすとぞ。いかなる不思議あればにや。——芥川龍之介「椒図志異」——

一

「ときに、妙なことをきくが、米沢の城に」

と、主人の柳沢吉保《やなぎさわよしやす》は、客に白い笑顔をむけた。

「天主閣に、変化《へんげ》が出ると申すではないか？」

客の老人は、まえにおかれたギヤマンの赤い酒に、りちぎらしく口もつけず、かしこまっていたが、しずかにくぼんだ眼をあげて、

「とるにたらぬ妖説でござる。……出羽守《でわのかみ》さまには、いずれから左様なことをおききあそばしましたか？」

「はて、だれからきいたかの。……なんでも、天主に御先祖謙信《けんしん》公の霊が祭ってあり、以来、

上杉家の大事のさい、当主がその神霊の御告げをきいて事を決するとやら。——かの関ケ原の役のまえ、景勝《かげかつ》どのも、それによって西軍に加担なされたとかきいたぞ」

「ははは、その大ばくちで、上杉家は会津百三十万石を棒にふり、米沢三十万石とちぢめられ申した。いくさにかけては摩利支天《まりしてん》といわれた謙信公のお告げにしては、腑におちかねることでございます。……それに、関ケ原当時、上杉の居城はいまだ若松城にて、米沢の城は直江山城どののものでござった。これでも左様なことが根も葉もない浮説だということがおわかりでございましょう。……」

「左様か」

と、うなずいたが、吉保の愛嬌《あいきょう》にみちた眼には、なお皮肉な笑いがきえなかった。

「が、またきいたところでは、先代綱勝《つなかつ》どのも、御在国のみぎり——たしか、万治元年のこと——米沢城の天主からかえられたとき、顔色蒼然、何ものかにいたく恐怖なされた御様子であった。時あたかも、この江戸に於ては、奥方お春の方がこの世を去られた夜のことであったとか。……」

老人は、じっと吉保をながめている。

吉保のいっていることは、恐るべき事実である。それは奥羽の二雄藩会津の保科《ほしな》家と米沢の上杉家にからまるふかい秘密だった。

会津二十三万石の保科肥後守正之《ひごのかみまさゆき》は、二代将軍秀忠の末子であるうえに、寛文の七聖人のひとりといわれたほどの名君であったが、ふしぎにもその正妻のお万の方は稀代の妬婦《とふ》であった。彼女は、じぶんの腹をいためた春姫が米沢三十万石上杉綱勝のもとへ嫁したのに、側室の生んだ松姫が百万石の加賀家へ輿入《こしい》れすることになったので、嫉妬《しっと》の修羅《しゅら》地獄におちた。明日はいよいよ入輿という祝宴の日に、お万の方は、松姫の饗膳に毒をしこんだのである。しかるに——天なり、命なり、その配膳のまちがいで、この毒を、同席した実子の米沢侯夫人が喫したのだ。

保科正之は驚愕《きようがく》して、この陰謀の関係者十余人を斬り、お万の方を幽閉した。

七年後、上杉綱勝も急死して、世子《せいし》がなかったので、この秘密を知らない公儀では、正之の三男正統《まさずみ》をして上杉家をつがせようとしたが、正之はつよく辞退して、高家吉良上野介《こうけきらこうずけのすけ》の長子三之介をすすめて上杉家の相続人とした。上野介の妻富子は、綱勝の妹にあたったからである。この三之介がいまの上杉弾正大弼綱憲《だんじょうだいひつつなのり》である。

当時、幕閣《ばっかく》では、この秘密をしらない——はずであった。

しかし、いま——将軍の御用人として、とぶ鳥おとす柳沢出羽守吉保の口うらでは、すでにその秘密を、知っているようである。このまるで女のように色の白い、愛嬌のよい男が、いかに周到な隠密の網をはっているかを物語るものであったろう。

が——老人は、平然として、首をかしげてみせた。

「左様なことはございますまい。なにせ、四五十年もむかしのこと。家老職をうけたまわっておる私が、耳にしたこともございませぬ。いまの弾正大弼も、天主閣の化物にあったおぼえはございますまい」

この当代の権臣柳沢吉保のかけた罠《わな》を、こうかるくはねのける人物は、いまの大名にもざらにはいないはずだが、ましてこれは、陪臣なのだ。それが——さっきから、ものごしこそ律儀で鄭重《ていちょう》だが、この部屋に入っただけでも、だれもがあっと息をのむ、豪奢《ごうしゃ》な支那《しな》段通《だんつう》や、ギヤマン障子や和蘭陀《オランダ》の美女をえがいた油絵や、床の間にならべられた遠眼鏡や螺鈿《らでん》細工などをみてもこの老人は、さらに感動のようすもなく実に平然と用談をきり出したのだった。

さすがは、上杉家にさるものありときこえた千坂兵部《ちさかひょうぶ》。

「では——」

と、しずかに坐をすべって、

「先刻、おうかがい申しあげましたること、弾正大弼帰国のみぎり、上野介さまをお伴いいたしても、さしつかえございませぬな?」

「それア、御随意だ。高家の肝《きも》いりであった当時はしらず、無役の隠居がどこへ参られようと」

と、吉保は笑った。このとき、柔和な眼が、ピカとひかったようだった。

「ただ、江戸家老のそこもとまで、帰国いたすと?」

「いや、これは半年ばかりのことで……御公儀よりもおゆるしをたまわっております。やはり、北国生まれの武辺者、江戸ずまいもこうながくなりましては、……まして当世の華奢な江戸の風は、老骨には毒とみえまして、近来ほとほと多病がち、なに、この三月も田舎の山風にふかれてくれれば、てきめんに生きかえることと存ぜられます」

「江戸の風は毒か。……はははは、皮肉かの、兵部」

といった吉保は収賄《しゆうわい》政治の総本山、将軍の寵《ちよう》を得るために、娘はおろか、妻までもささげたといわれている人物だ。

千坂兵部は、謹直にこたえた。

「なにしに以て」

「江戸の風は、田舎者には毒かもしれぬ。去年、その毒にあてられて死んだ大名もある。浅野《あさの》内匠頭《たくみのかみ》と申す。――」

と、吉保はしッぺがえしをした。兵部の主人、上杉弾正大弼の実父吉良上野介が、世にも名高い収賄家だったことを皮肉ったのである。

「道中、気をつけえ」

「かたじけのう存じまする」

「浅野の国家老大石内蔵助《くにがろうおおいしくらのすけ》と申すは、なかなかの利け者《きもの》ときくぞ。そこもとと、よい相手じゃ。それは存じておろう?」

「いや――」

「ははははは、そのためにそこもとも上野どの米沢入りに同道いたすのであろうが。……噂にきいた大石の人柄では、まさか御公儀の御処置にさからうような愚かなふるまいには出まいとは思うが、赤穂《あこう》の瘦《やせ》浪人のうちには、一人や二人のきちがいがいないともかぎらぬ。上野どのを討たせるなよ。吉良どのを討たせては、そこもとの恥、上杉家の恥。――またひいては、このわしの恥じゃ」

笑顔は、幕閣の重臣というより、大町人のそれのようにやわらかいものだった。

「と、いうのは、殿中の喧嘩は両成敗。……と申す幕典にもかかわらず、あえて吉良どののために御寛大を上様にねがったのは、このわしじゃからな」

「ありがたきしあわせ。――」

「ぶじ上野どのが米沢へお入りとなれば、もはや赤穂の浪人どもも、犬の遠吠え、ごまめの歯ぎしり、先《ま》ず手が出まい。ぬかるなよ。――」

兵部は、平伏したまま、返答はなかった。

「これよ」

と、吉保は手をうって用人をよんだが、ふと夢みるような表情になった。

「上野どのが米沢へ下られるとあれば、あれもついてゆくであろうな」

「あれも、と仰せられると」

「はは、粂寺扇千代と申す子供だ。いや、子供といっても、もう二十《はたち》はこしているが、兵部、ゆるせよ、熊のいる北国にやるには惜しい美少年じゃ。昨年、上野どのが隠居の挨拶にみえられたさい、あまりにしょげてござるから、まえまえより御所望の扇千代を、おなぐさみにもと引出物といたしたが、あとでかんがえると、惜しい！　惜しかったぞ。ウム、兵部、上野介どのにあったら、扇千代はこの吉保がかえしてくれいといっておったと申しつたえてくりゃれ」

「御意の趣き、申しつたえまする」

「はははははははは」

と、吉保は、屈託なさそうな、享楽的な大笑をゆすった。

——が、兵部が辞去すると、彼は急にむっとふきげんな表情になった。一代の驕児綱吉の寵臣でありながら——いや、その寵を得るくらいだから、目下のものにむかっても、それが天性のような愛想のいい柳沢吉保であったが、ひとりになると、面がおちたように、陰鬱な表情になる。

彼は舌うちした。

「猫かぶりめ」

いま去った老人のことだ。彼は、あの上杉家の名家老といわれる千坂兵部が、決してじぶんを尊敬していないことを、よく見ぬいていたのである。

二

春雨ふる神田橋の柳沢出羽守の邸を出た千坂兵部の顔からも、面がおちた。やせて、眼のくぼんだ、いかにも東北人らしい剛毅《ごうき》なその顔だちはかわらないが、無表情のなかに、膜のとれたようなはればれとして快活なものがよみがえっている。

外で、駕籠《かご》のそばに待っていた供侍が、傘をさしかけながら、微笑してきいた。

「御家老、上野介さまの米沢入りの儀、相かないましたか」

「平七」

と、兵部は駕籠に身をいれながら、ちらっと門のほうをみて、

「それより、わしは外に出てせいせいしたぞ」

「と、仰せられると？」

「この邸の風は、わしには合わぬわい。むこうさまも、そう思っておいでであろうが。フ、フ、フ」

「すりゃ、首尾は――?」

「いや、上野介さまの儀は――隠居はどこへおにげになろうと勝手だ、と仰せであった」

ふっと、辛辣《しんらつ》ともふきげんともいえる表現にもどった顔が駕籠にきえた。駕籠はあがって、雨のなかをはしり出す。

神田橋内から道三橋をわたって、大名小路へ――駕籠のなかで、千坂兵部は腕をこまぬいていた、先刻の笑いはすでにかげもない。

「隠居はどこへ逃げようと勝手か?……」

と、もういちどつぶやいた。なにかをじっと追いつめているようなまなざしである。

「じゃが……どうも、そういったときの出羽守の眼が気にかかるぞ。……」

そのとき、「や?」と供侍の小林平七のさけびがした。ぐっと駕籠の棒さきをおさえて、

「待て」

「平七、いかがいたした?」

「は。……かなたにて、何者か……喧嘩のていに相みえます。ほう、浪人風のもの三人、すでに白刃をかまえ、相手はひとり、これはまだ柄に手をかけただけでござるが……」

雨の中で、ひくい、おし殺されたような声がきこえた。

「これ、すりゃどうあっても、もはや意をひるがえさぬな？　故殿《ことの》のおうらみは念にないか、赤穂の血盟はわすれたか？」

兵部がはっとしたとき、つづいて凄《すさ》まじい矢声と、刃のかみ合う音と、そしてあきらかに断末魔のうめきが尾をひいた。

「みごと！」

うなったのは、小林平七だ。

「みごとでございます。一人のほうが、ほとんど瞬《まばた》きするまに、抜討ちに三人とも斬ってすてました。や……ちかくの邸から、人がはしり出てきたわ。おっ、斬った男が、こちらににげて参りますが……御家老」

「かくまってやれ」

と、兵部はいった。

「平七、おまえの笠をかぶせて、供のなかに加えて、そのままゆけ！」

はしってきたのは、恐ろしく大兵肥満の浪人だった。こちらをみて、はっとして立ちすくんだとき、小林平七が声をかけた。

「ここ、ここ、このなかへお入りなされい」

「かたじけない」

矢声と悲鳴におどろいて、ちかくの大名邸からとび出してきた小者たちが、ぬかるみのなかに伏している三つの屍骸のまわりにあつまったとき、こちらはすでに小路をまわって、粛々とあるいている。

桜田の上杉の上屋敷の門外に駕籠がとまったとき、その浪人者は、口をアングリとあけてたちすくんだ。

「たすけたのが、上杉のものと知って、迷惑したかの赤穂浪人。——」

と、駕籠からたち出でた千坂兵部は、ニコリとした。

「わしは、江戸家老の千坂兵部。見知りおけ」

浪人は愕然《がくぜん》として兵部の顔を凝視したまま声もない。

「先刻……もはや故殿のおうらみは念にないか、赤穂の血盟はわすれたか、とか申す声がきこえたが、裏切者はどっちじゃ。斬ったおぬしか、斬られた三人か？——いいや、かくすことはない。斬られた三人が裏切者であっても、わしも上杉家の家老、おぬしをとらえてどうしようというほどせまい了見はもたぬぞ」

「裏切者は……拙者でござる」

と、その浪人者はいった。うす笑いが、髯《ひげ》のなかをかすめたようである。

「ほう、裏切者にしては、つよい喃《のう》」

「さすがはうわさにきいた千坂兵部どの、曾《かつ》てのわれわれの盟約は御存じのようす。……いや、浅野浪人が吉良どののお命を狙っておるという噂は江戸にも高うござるから、こりゃだれさまでも御存じないとはいわせまい。うわはははは！　しかし、ありようは、同志、四分五裂、いまや裏切者だらけでござるわい」

髯のなかで、大笑した。自嘲ともみえない濶達《かったつ》な笑いである。千坂兵部は、じっとその顔を見つめている。浪人者はそれに気がついて、

「ははあ、拙者が敵をあざむくはかりごとを弄《ろう》しておるとお考えか」

といって、またカラカラと笑った。

「かたじけない、とまたお礼を申したいが、それこそありがた迷惑な御推量で……なに、裏切者の張本は、いま山科《やましな》におる大石内蔵助じゃ」

「なんと？」

「いや、大石の心事は、手前どもにはわかりません。あの御仁の腹のなかだけは、われわれにも雲をつかむようなものです。大言壮語の口舌だけはたっしゃだが……いまでは、それがかえってあやしくなり申した。おききおよびであろう、あの男の、祇園《ぎおん》、島原、伏見町の、ところかまわぬ底ぬけのだだら遊びを。あれもまた吉良、上杉の眼をくらますはかりごとと、はじめ

は手前どももそう思い、まだそうみてくれるお人もあるようでござるが、手前ども、いまはそう見えぬ。と申すのは、曾ては連判状をかわした同志のうち、すでに貯えもつきて、あわれ陋《ろう》巷《こう》に窮死せんとするものも多々あるからです」

それは、千坂がはなっている間者《かんじゃ》の調べでも事実だった。げんに、眼前にみるこの浪人も、面魂《つらだましい》こそ豪快だが、その垢《あか》じみた衣服、はげちょろけの大小、あらそえぬ貧のかげがある。

「もし大石に、真に血盟のこころざしあれば、何とてこれを見殺しにいたしましょうや。……はやく申せば、あの遊女どもに湯水のようにつかわす金を、すこしはこちらにまわすべきです」

これには、兵部も思わず破顔した。とみて、浪人者はいよいよムキになって、

「笑いごとではござらん。さればこそ、同志はすでに四分五裂、裏切者だらけとなるは当然、さっき、裏切者にしてはつよいな、と仰せられたようだが、かく相なっては、気概あるものほど大石にそむき申す！……その大石の真意はしらず、現状かくのごとくにては、あの男が連判状やぶりの張本人にひとしいと申すのは、ここのところです」

兵部の顔につばきがとんできた。裏切者にせよ、その人相からみても、この男が、実に直情径行な、にくめない男であることはたしかなようである。

「それでもなお拙者をうたがいなされるか？……まさか、お手前をあざむくために、曾て同藩

同志のものを三人も斬り申さぬ」

「なるほど喃！」

と、兵部ははじめてうなずいて、それから、皮肉に笑った。

「ふむ、大石への見方は、わしはおぬしといささかちがう。あれは、容易ならぬ男だ。……が、たとえ大石が反間苦肉の策をめぐらしておるにせよ、すこしめぐらしすぎたようだな。もうおそいわ、吉良上野介さまには、近々、米沢へお下りあそばす。左様なことを、大石は念にかけたことはなかったか？」

浪人は、また口をポカンとあけたが、すぐに、

「いや……そのことは、曾て血盟の席にも出申したが大石のいうには、それこそわれらののぞむところ、同志をすぐって米沢城を襲えば、天下衝動、これほどはなばなしいことはない、たとえ同志ことごとく斬り死するとも、それだけの騒動をおこせば、上杉家がおとりつぶしになるは必然、浅野五万石とさしちがえに、上杉十五万石をつぶせば、侍の冥加《みようが》と申すもの。……と大言したことがござったが、ばかばかしい、まったく竜車にむかう蟷螂《とうろう》のたわごととはこういうことでござろう。はははははは」

浪人は笑ったが、兵部は笑わなかった。それは痴者の夢物語ではない。やりかねない連中だし、あり得ることなのである。

「ただ……道中が危のうござるな」

と、浪人はくびをかしげた。

「江戸から米沢まで……七十五里。将軍家おひざもとの江戸ならしらず、道中、お気をつけられよ。——」

はからずも、柳沢吉保とおなじ言葉をきく。浪人は頭をさげて、

「かかることを、上野介どののために、いおうとは、さきごろまではゆめにも相考えなんだが、いまや連判状を盾《たて》に責めつけるばかものどもを三人も斬ってすてた手前、もはや仇討《あだうち》どころではござらぬ。ただいまお助けたまわったお礼ごころに申す」

兵部は、突然いった。

「おぬし、いっそ、わしに抱えられぬか。——」

さすがに浪人はめんくらったようである。またあっけにとられたように兵部の顔をみたが、やがて惨とした眼でじぶんの衣服をみまわし、

「毒くわば皿までか。——」

と、つぶやいた。

「また、窮鳥は猟師のふところに入るとも申す。ふむ、この江戸をにげまわっても、やはりあのきちがい犬どもの仲間がぶじには捨ておくまい。よろしい！　上杉家に鞍替《くらが》えいたしましょ

う」

「ところで、名は、なんという？」

この陽性の裏切者はこたえた。

「近江丹兵衛貫猛《つらたけ》と申す。なにとぞよしなに願いたてまつる」

三

千坂兵部は、待ちかねていた主人の綱憲にすぐ会った。

上杉弾正大弼綱憲は、このとき四十歳、その蒼白い面長な容貌には、高家の生まれらしい気品があるが、癇癖のつよそうな眉や唇には、武勇をもってきこえた名家上杉の裔《すえ》にふさわしい剛毅《ごうき》の性がみえる。父は吉良上野介だが、気性は母方の――祖父景勝、またひいては謙信の血をひいているといわれている大名であった。

「出羽どのの御意向はどうであった？」

と、彼はそそくさときいた。

綱憲は、浅野浪人の不穏なくわだてを知っていた。またそれを江戸の民衆が待望し、声援していることもきいていた。当然、父、吉良上野介の評判はわるい。おそろしく悪い。さればこ

そ、綱憲は、あの浅野刃傷《にんじょう》の事件後、

「上野介負傷後、とかくに健康旧に復せず、なにとぞ御役儀御免下されたし」

と、ねがい出て、父をしりぞかせ、またその屋敷ももとの呉服橋では御曲輪《くるわ》うちで、お上に対してもはばかりがあると、ことさらへんぴな本所に隠棲《いんせい》させたのだ。

それでもなお上野介の人気はわるい。会うたびに、めっきり老衰の度をくわえて、オドオドと犬みたいに哀れッぽい眼をしているのをみるたびに、綱憲は理も非もこえて父がふびんであった。

そしてついに父を、国元の米沢城へひきとろうと決意したのだ。北国へひきとることは、命といっしょに、このうるさい江戸の悪評から父をまもることでもあった。

いうまでもなく、理窟からすれば、いま官職から身をひいた父をどうしようと自由のはずだが、なんといっても四位少将高家の筆頭だったのだし、去年のあの騒動の一方の責任者なのだから、いちおう当路の大官柳沢吉保の意向をうかがわせたものだ。

「されば――」

と、兵部が頭をさげたとき、唐紙があいて、その当の上野介が、うしろに小姓をしたがえて入ってきた。

きょう千坂が、そのことで柳沢家にゆくことを知っていたので、やはり気にかけて、上杉家を訪れて待っていたものであろう。

「兵部、大儀であった。して、出羽どのは――？」

と、せかせかという。死にかかった鴉みたいに不安げな顔つきだった。

「されば、私考えまするには……上野介さま、このまま御在府あそばしたほうが……よろしいかと存じまする」

「な、なぜだ？」

と、綱憲はせきこんだ。とび出すような声をかさねたのは上野介だ。

「出羽どのが、左様申されたか？」

「いや、出羽守さまには……お言葉そのままに申しますならば、隠居がどこへゆこうとそれは随意だと――」

「ならば、兵部が、なぜそう申す？」

「殿、このお言葉をようお考え下さい。曾て上野介さまは出羽守さまとひとかたならぬ御親交、さればこそ去年の変には、上野介さまに、片手落ちと噂のたつほどお肩入れあそばしたと承わりました。そのお方がいま……隠居はどこへゆこうと勝手だとは、すこし御冷淡すぎるお言葉とは存ぜられませせぬか」

「なに」

「思うに、出羽守さまは、お変りになりました。いちじは上野介さまにお肩入れあそばしたものの、世間の評判に、これはと思いなおされて、下世話に申せば、もう御手をきりたいと秋風たてられたものと……この兵部は拝察いたしてございます」

「出羽どのが……出羽どのが……」

上野介はあえいだ。たよりきっていたものから、突然見はなされた心ぼそさが、そのままやせた顔に浮かび出た。

「あいや」

と、その上野介のうしろから、声をかけたものがある。小姓だ。

「恐れながら、兵部さま、それは御家老さまのお思い過ごしかと存ぜられます」

兵部は、眼をあげた。前髪が白い額にゆれ、ぞっとするほどの美少年だ。柳沢吉保から上野介にあたえられた粂寺扇千代だった。

「御家老が出羽守さまのお邸へ参られましたは、上野介さま米沢お入りの儀、おさしつかえなきやをおただしに出向かれたのではござらぬか。これに対して、出羽守さまは、さしつかえない、とお答えあそばしたとのこと、それにてすべてはこちらの註文どおり。――それとも、出羽守さま、何かそれに反対のお言葉でもおもらしになったのでございましょうか?」

「いや」

と、兵部はすこし狼狽《ろうばい》した。
扇千代は微笑した。上杉家ではむろんのこと、吉良家のものまで、だれしもがはばかってい
る千坂兵部をこの若者は眼中にないといった風情がある。権臣柳沢吉保の寵童であった名残り
であろうか。
「わたくし、出羽守さまにおつかえいたしておりましたる当時、出羽守さまの口ぐせに申され
ましたは、ただ上野介さまへの御同情のおことばのみでございました。もし松のお廊下で、上
野介さまが御落命いたされましたならば、天下のすべて、浅野をきちがい大名、おのれの癇《かん》
癪《しゃく》で、五万石にたよる家来の糊口《ここう》をすてさせたばか大名として嘲殺したであろう、内匠頭、腕
の未熟で上野介さま御存生あったのが、上野介さまの御不運、民というものは、ふしぎにたえ
ずにくむものを求めるもの、その悪意の餌となった上野介さまは、世にもおきのどくなお方じ
ゃ、と、かように御述懐あそばしました。それほどの出羽守さまが、なにしに上野介さまをお
見かぎりなされましょうか?」
「おお……おお……」
と、うめいたのは、上野介だ。眼やにに涙をためている。感動したのである。
扇千代の舌端は、いよいよ才気の冴えをみせる。
「また、恐れながら兵部さまには、浅野切腹の御処置を片手落ちかと仰せられたようでござい

ますが、殿中刃傷の張本人の切腹は当然のこと、これに対し、いかに理不尽な喧嘩をしかけられた相手方とは申せ、よく時節をお弁《わきま》えあそばし、場所をおつつしみあそばした上野介さまに、それもいかなる罪を下されたら、片手落ちでないとお考えでございましょうか。また右の御成敗は、上様おんみずから下されたものと承わりますが、兵部さまには、上様の御成敗をしも御不満なのでございまするか？」

「――兵部」

と、かえって綱憲のほうが、みるにみかねてたすけ船を出した。

「そちも家老としていろいろと思慮のあることであろう。したが、このさい、どうぞわしの孝道をとげさせてくれぬか」

「殿……」

「よし、出羽守が父を見かぎったにせよ、ならばいよいよ、わしは父を見捨てることは出来ぬ。たとえ天下のにくしみを上杉一藩にあびようと、わしは父をまもってやらなければ……わしの意地がすたるのじゃ」

綱憲は、兵部にむかって、かすかに頭をさげた。

「兵部、わしをゆるしてくれい……」

千坂兵部は、畳にはいつくばった。この剛毅な老人の顔のかげから、涙がおちた。かすれたような声がきこえた。

「恐れ入りたてまつります。……殿が、それほどの御覚悟ありますなれば、兵部、もはや申しあげることも、ございませぬ。……」

彼は、頭をあげた。

「ただ……浅野浪人の棟梁《とうりょう》大石内蔵助と申すは……実に容易ならぬ人物でございますぞ。……」

「きいておる。さればこそ、父を米沢へひきとるのではないか?」

「その道中が、なかなか安心なりませぬ」

「その道中に、兵部さま、あなたさまがおつき下さるのではございませぬか?」

と、条寺扇千代がまた口を出した。

兵部はじろっと扇千代をみて、

「おお、忘れておった。出羽守さまのおことばを。――」

「なんでございます?」

「ははは、扇千代を、上野介さまへ、夜伽《よとぎ》のおなぐさみにもと引出物といたしたが、いま思いかえして、惜しゅうてならぬ。もいちどかえしてくれいとの仰せであった。そなたは、米沢へ参らずと、すぐさま柳沢家にかえったらよかろう」

「扇千代は、犬ころではございませぬ」

と、彼は顔いろをかえて叫んだ。その美しい眼に、涙がにじんだ。

「やったり、かえしたりは、もういやでございます。ふつつか者なれど粂寺扇千代、もはや御奉公は、命かけて上野介さまに心きめております。……御味方のなかですらつれなくもお見捨ていたそうとする者もないではないお不倖せな上野介さまに」

「おお……おお！」

と、また上野介はうめいた。洟《はな》みずをすすっている。

勝負あった。さすがの千坂兵部も、完膚なきまでにやりこめられた。彼は苦笑したが、次にきっと綱憲を見あげた顔にはさすが決然として武士らしく覚悟をきめた爽《さわ》やかなものがある。

「左様なれば兵部、力およびまするかぎり。……」

彼はもういちど平伏して、スルスルとひいていった。

うしろ手に障子をあける。一尺ばかりひらいて、ふと兵部はうごかなくなった。さっと不審げな表情になる。

「兵部、いかがいたした？」

「はっ」

といって、兵部は、いま手にふれたものを前にまわして、のぞきこんで、思わず愕然《がくぜん》とした顔になっていた。

一枚の紙片である。その紙に、こうかいてある。

「米沢にて頂戴《ちょうだい》のこと。

一つ、少将さまおん首。

一つ、十五万石」

すべるように寄ってきた粂寺扇千代に、無言でその紙片をわたすと、千坂兵部は縁側に出た。むこうの角に、男と女が端然とひかえている。男は、小林平七だ。

「平七、いまここに参ったものはないか!」

と、さすがの兵部が、息をはずませてきいた。平七はけげんな顔をした。

「いいえ、どなたさまも——何ごとか、起りましたか?」

これは、剣もたしかだが、その忠心、誠実、もっとも信頼できる男である。

兵部は爪をかんで、ふきげんな顔でたちすくんでいたが、すぐに女のほうへむいて、声をかけた。

「小冬、いつかえってきたぞ」

女は顔をあからめて、うつむいた。

「ただいまでございます。不覚おゆるし下されませ。私の素性、あやうく見破られかけて、にげかえってきたのでございます。……」

まだ若い。まるで白牡丹《しろぼたん》のようにりりしく美しい娘だが、これも兵部の間者《かんじゃ》のひとり、去年の暮から赤坂南部坂の浅野土佐守の中屋敷に、腰元として入れてあった。

そこには内匠頭の未亡人、瑤泉院《ようせんいん》が住んでいるからである。

きょう、たしかに赤穂の旧臣と思われるものが三人瑤泉院をおとずれて、なにやら密談しているのを、襖《ふすま》ごしに立ち聞こうとして、不覚にも用人にあやしまれ、とらえられようとして、徒歩《かち》はだしで脱出してきたものだという。

「ウム、それで、その密談とは？」

「よくきこえませぬが、なんでも吉良さま米沢へお下りとやら、江戸をはなれる千載の好機とやら。……」

「な、なに？」

千坂兵部は、宙に魔でもみつめるような眼つきで、凝然とたちすくんでいた。

四

元禄十五年春、上杉弾正大弼綱憲は、封地米沢へ帰国の途についた。

千住《せんじゅ》をふり出しに、北へあゆむ花を追う奥州街道。

かつて、豊太閤の大老としての景勝時代の百三十万石にくらべれば、ほとんど十分の一ちかくはきりさげられたとはいえ、十五万石の大名といえば、決して小大名とはいえない。ましてこれは、英雄謙信のながれ、また足利以来屈指の名家の裔《すえ》だ。

「下に――っ、下に――っ」

黄塵に舞う鳥毛の槍、春光にきらめく先箱の金紋。――時は、元禄、数千の供侍の行装の美しさは例のごとくだが、そのなかに、この行列には、他の大名とは異なる厳しさがある。……なにかを恐れ、なにかを警戒し、なにかを護っているようなのだ。

「申しあげます」

馬にゆられている千坂兵部に、だれかがかけよってきて声をかけた。

「おお、丹兵衛か。大儀。――して、彼らの姓名は相わかったか？」

「はっ、かの三名の浪人者は、たしかに赤穂のもの、潮田又之丞、間《はざま》新六、倉橋伝助と申すものでござる」

髷は青あおとそってはいるが、まさしくこれは例の脱盟者近江丹兵衛。

いま彼がとくとくとして報告しているのは――この交代の行列が粕壁《かすかべ》の宿をはなれた前後から、みえかくれにつけてくる深編笠の三人の武士についてのことである。はじめそれをただの旅人と思っていたが、鋭い小林平七が気がついた。それでもしやと、元赤穂浪士の近江丹兵衛にその素性をさぐらせてみたわけだ。

「御家老。……いっそ」

と、くびをかたむけている兵部に、丹兵衛は豪快な面がまえをあげ、

「御指図あれば」

と、ふとい刀の柄をたたいて、

「小林どのと御一緒なれば、かの三人くらい物の数であるまいと存じます」

「待て」

と、兵部はおしとどめた。

「いかに浅野浪人とは申せ、なんの手出しもせぬものに、左様なことも相なるまい」

「……しかし」

「それに、この行列を追うものが、わずか三人というのも、不審じゃ。まだほかに二十四や三十匹の送り狼がいてもしかるべきであろう。しばらく、捨ておけ!」

——と、兵部はくびをふって、沈鬱《ちんうつ》な表情でそのまま馬をあゆませつづける。

この道中に吉良上野介が加わることを、それがきまるやいなやはやくも探りとったらしい赤穂浪人ども、果然、ぶきみな刺客をつけた。……道は遠い、米沢まで七十五里。

思いはおなじ上杉綱憲と吉良上野介、猩々緋《しょうじょうひ》の日覆をかけた総黒うるしに金蒔絵《まきえ》の乗物のなかで、神経質な眼をひからせている。それでも、綱憲がときどき父にみせる笑顔にはつよい意志と激励の感情がみえるが、上野介の老衰した顔にはただアリアリと、子供のようなおびえと不安がふるえているばかり。

彼の気をめいらせるものは、ただ道中の危険のみではない。高家に生まれて以来六十二年間、京以外にはほとんど江戸をはなれたことのない人間である。それもただ柳営と宮廷の御用のみで、粗野と武骨をきらう心は、第二の天性とまでなっている。これほど煩《わずら》わしい大事になるとは予想もしなかったあの浅野への意地わるい仕打ちも、内匠頭の武骨にイライラし、反撥したればこそだ。わが妻の実家ながら、またわが子の領地ながら、彼は、粗野で寒ざむとした見知らぬ奥羽の僻地《へきち》にゆくのが、ひたすらかなしかった。

むろん、じぶんでそれをのぞんでおきながら、千坂にうかがわせた柳沢の意向に、真に彼が期待したものは、

「なに、都落ちなさることはあるまい。江戸におりなされ。しかと御公儀でまもって進ぜる」

というたのもしい言葉だった。いままでただ権力に寄生し、それだけをよりたのみとして生きてきたこの老人は、将軍のひざもとを去るということだけで水をはなれた魚のように、胸までしめつけられてくるのだった。

「えーっ、下に——っ、下に——っ」

はなやかななかにも、一脈の暗雲をはらんでゆく大名行列。——そのなかに、これはまたひどく明朗に、浮き浮きと蝶のようにたわむれる一個の異分子がある。

上野介の稚児《ちご》小姓、粂寺扇千代。

部署もはなれて、しきりにたわむれている相手は、千坂兵部の侍女小冬だ。

「小冬どの、そなた日光に参られたことはおありか」

「いえ。……」

「それは残念。日光をみないうちは結構というなとも申す。陽明門、これを日暮門《ひぐらしもん》ともいうが、まったく日のくれるまでみても飽きません。まず、あれほどの門は、江戸ひろしといえどもござるまいな。……」

才人扇千代にしては、くだらないことをいっている。

それというのも、扇千代の心中に、東照宮も陽明門もないからで、ちらっちらっと小冬の横顔をながし眼にみる眼の色っぽいこと。——先《ま》ず、これほどの女は、江戸ひろしといえどもなかろうとかんがえているのだ。

雪国の女らしい肌が、華やかな江戸の水にあらわれて、こんな行列にくわわっているのが可笑《おか》しいくらいの豊艶さだが、なかに、いかにも兵部が眼をかけているらしい気丈さと、それから愁《うれ》いに似た翳《かげ》が眉にある。

「どうだ、小冬どの、いっそここでしばらくおいとまをいただいて、ふたり日光へまわってみる気はないか」

「とんでもないことを」

小冬、迷惑そうだ。

「なに、拙者はべつに上杉家の家臣というわけではない。そなたとしても、兵部さまのおゆるしさえあれば仔細なかろう。……余人はしらず、扇千代が上野介さまにねがえれば、それくらいのことは通るのだ」

と、扇千代は、驕慢《きようまん》な眉をぐいとあげる。

うしろにつらなる供侍たち、みんなしかめッ面をしているが、このわがままな美少年の背に、御隠居、ひいては、いまをときめく柳沢の威光をみて、しいて知らん顔をしている。

もはや江戸から三十里。小江戸といわれる宇都宮はちかい。みごとな松並木をとおして、西のかた、春の残照にあかあかとぬれて、屏風をたたんだような足尾山塊、日光火山群。——この風景をゆく大名行列は、まるで絵のようだ。なかんずく、一見蝶々喃々《ちようちようなんなん》と肩をならべてゆく粂寺扇千代と小冬はその絵のなかの二輪の花のようだ。

——ところが、その宇都宮に、こんなのんきなことをいってはいられないようなものが待っていた。

宇都宮本陣上野新右衛門方に入った綱憲、上野介の一行。

これは実に、夜々の泊りでありながら、たいへんなさわぎで、大名とその重職は本陣に泊るが、ほかの供侍たちは、なにしろ多人数のことだから、脇本陣とその他わりつけられた旅籠屋《はたごや》になだれこむ。その本陣も、宿の家族はみんな隅ッこに追いこめられて、食事は、大名つきの膳部方がつくり、夜具、食器、屏風、風呂桶までじぶんのものをもちこむのだから、いまの天皇の行幸もこれほどではあるまい。

もっとも、むろん全部の道具食器をもちこむわけではなく従者などは本陣のものをつかうのだが、この大名がたち去ると、いつもあとで盃とか燭台とか煙草盆などだいぶ紛失していたというから、このあたりはいつの世もおなじことだとみえる。

さて、その本陣の門には、上杉家の定紋竹に飛雀をくろく染めた白麻の幕をはり、そのうえに関札というものをたてるのが定法だ。

関札とは、その大名の名を、幅一尺、ながさ四尺の分厚の札に筆太にかき、一丈ほどの柱に高だかとかかげたもの。その関札を、警護の侍のひとりが、なにげなく仰いで、眼のたまをとび出させてしまった。

「上杉弾正大弼様御泊」

とあるべき文字、いや、たしかにそうあった文字が、いつのまにか、墨痕淋漓《ぼっこんりんり》と、

「吉良どの奥羽入り御無用。

もし、御入りある節は、米沢にて頂戴のこと。
一、少将さま御首。
一、十五万石」

五

本陣は、名状すべからざる騒動におちいった。

いかに混雑していたとはいえ、大名の本陣だ。その混雑というのも、なかばは警衛のための混雑で、いわんや、この道中、最初からとくに異変のないよう、準戦備行軍であるいてきたくらい。

「いや、いや、かようなことが！……あやしき曲者など、まったく見かけませなんだ！ここを往来したは、たしかに家中のものばかりでござる！」

必死に、両うでをふって陳弁《ちんべん》する責任者のまえに、さすがの千坂兵部も、歯がみして、その関札を見あげていた。きっとふりかえって、

「平七、平七っ」

おっとり刀で、小林平七と近江丹兵衛がかけつけてきたが、兵部に関札をさし示されて、愕《がく》然《ぜん》とたちすくむ。

「き、きゃつらは？」

と、兵部はきいた。

「例の浅野浪人どもから、眼をはなすまいな？」

「そのことでございます。彼ら三名は、こちらの警護厳重なるにおそれをなしたか、あきらめたか、雀宮《すずめのみや》の宿で、江戸へひきかえしたようでございます」

「なに、それはたしかか？」

「はっ、ほかに別働隊があるかなきかはしらず、かの三人はたしかに――」

と、近江丹兵衛がこたえたとき、うしろでするどい嘲笑の声がきこえた。

「ふん、それがどこまであてになるものか？」

粂寺扇千代だ。前髪の下で、美しい、皮肉な眼がひかって近江丹兵衛を見ている。

きこえよがしに、

「かの三人はしらず、かようないたずらをなす虫は、存外獅子身中におるやもしれぬ。……元浅野浪人をわざわざお供に加えるお人もお人」

くるっと振袖を舞わせて立ち去ろうとするのに、

「待てっ」

と、平七がさけんだ。重厚質実な剣客だが、それだけに怒るとこわい。そして、この男が怒るのは、なにより主人の兵部の悪口を耳にしたときだ。

「それは、この丹兵衛があの関札をかきかえたということか？」

「勝手に御推量」

「いかにも、勝手な推量だ。丹兵衛は今宵《こよい》わしと終始行をともに、この宇都宮から雀宮をはせまわっておったわ」

「ははあ、裏切侍の保証人を買って出られたか。ふふん」

「裏切侍でも、ちょっとごつい裏切侍じゃ。尻に白粉ぬって権家のあいだを売り買いされる女侍とはちとちがう。女侍のくせに、重代上杉家の御重役たるお方の御胸を当推量するなど、きくもかたはらいたし」

「やれ、待て、平七」

と、兵部のほうが苦笑いして、平七をおしとどめた。

「出羽守さまからの下されものじゃ。あまり雑言たたくまいぞ」

これでは、かばったのか、ケシかけたのかわからない。

怒りに蒼ざめて、きっと三人のほうをにらんでいた粂寺扇千代は、突然にやっと凄いような笑いをのこすと、バタバタと本陣へかけこんでいった。

——その扇千代に泣きつかれた吉良上野介、ふだんならその甘美な訴えに相好くずして、ウム、ウム、とうなずくところだが、きょうは茫然としてほとんど気死せんばかり。むろん、例の関札の怪奇を注進されて、心ここにあらずといったありさま。——心中早鐘《はやがね》のようにとどろくのは、

「吉良どの奥羽入り御無用。……吉良どの奥羽入り御無用。……」

という恐ろしい警告とも脅迫ともつかぬ言葉なのだ。

——怪事はこの夜にとどまらなかった。氏家の宿で、夜、上野介の寝間の外に、何者かたしかに立って、じっとなかをうかがっていた気配がある。「だれじゃ」と彼がさけぶと、その曲者は風のように立ち去っていった。喜連川《きつれがわ》の宿では、上野介が乗物からおりると同時に、いずこよりか飛び来った矢が、その乗物につき立った。……

しかも、供侍たちがいかに血まなこになって狂奔しても、浅野浪人らしい人影もないという。

上野介は、だんだんうなされたような気持になってきた。

彼は、たしかに江戸をにげたかった。……しかし、ほんとうは、江戸をにげたくはなかったのだ。江戸での悪評と、綱憲のすすめで浮足立ったものの、こうして逃げてくれば、やっぱり

江戸が恋しい。江戸におれば、まさか将軍家のひざもとで、浅野浪人が無謀をおこしはすまいと思う。柳沢の意向すらも、千坂の要らざるカングリでちょっと憂鬱になったが、実際は、扇千代のいうとおり、じぶんへの庇護《ひご》をとりやめるはずがないと思う。……はては、江戸に生まれ、江戸に育ち、江戸に老いた老人は、なかば呆《ほう》けた弱々しいあたまで、自棄的《じきてき》に、いっそ死ぬなら江戸で、とすら思いつめてくるのだった。

もうひとつ、上野介が米沢入りに気のすすまぬふかい仔細がある。それは、だれも知るはずはないが、実に深刻な、恐るべき或る秘密だ。

――いまを去ること三十八年前。

上野介の妻富子の兄、先代上杉家の当主、上杉綱勝は外桜田の藩邸で突然この世を去った。世子《せいし》がなかったので、上野介の長子三之介がそのあとをついで上杉家を相続したということはまえにかいたが、なんぞしらん、この綱勝の死は、当時まだ若かった上野介の野心から呼び起されたものだったのだ！

歩、一歩、米沢へちかづくにつれて、上野介の胸にふるえのぼってくるのは、ひさしく忘れていたこの戦慄《せんりつ》すべき回想だった。

「米沢の城には……」

乗物のなかで、あたまをかかえて上野介はワナワナとふるえる。

この恐怖は誰にも語ることはできない。わが子の綱憲にすら語ることはできない。当時二歳だった綱憲は、じぶんが父の陰謀で上杉家を乗っ取ったものとは、ゆめにも知るはずはないからだ。それは上野介が、死んでも、永劫に重荷をいだいてゆかなければならぬ秘密だった。

……

「綱勝の亡霊が、わしを待っておろう。……」

綱勝の亡魂が、居城米沢ににげこんでくる上野介をよろこんで迎えようとは思われぬ。そう思えば、あの「吉良どの奥羽入り御無用」とのぶきみな警告も、はたして浅野浪人のしわざかどうかすら、うたがわしくなってくる。

——誰があの秘密を知っておるか？

悶々《もんもん》とおののく上野介の胸に綱勝の死顔が、霧のようにかたちをととのえてくるのだ。

宇都宮までは、日光への往路のせいで、街道は善美をきわめていたが、これより北は、しだいに蕭殺《しょうさつ》たる悪路の相をおびてくる。

「つぎは、なんという宿じゃ？」

ひどくゆれる乗物のなかで、あごをガクガクさせながら、上野介は傍をあるいている扇千代にきいた。

「大田原でございます」

上野介の眼には、世にも荒涼たる周囲の光景がうつる。ここには春はない。四辺、石、砂、また寒ざむとした篠原ばかり、空まで冬のような鉛いろだった。古歌にいわゆる「あられたばしる那須のしの原」とよまれたのは、ここらあたりのこと。

その荒原の涯に、一条のけぶりがたちのぼっていた。

「はて?」

と、一行がくびをかしげたとき、その方角から、先駆の騎馬が、血相をかえてひきかえしてきた。

「一大事、一大事でござる。大田原の本陣が炎上いたしました!」

「なんじゃと?」

「しかも、もえる本陣のまえの立木に、吉良どの奥羽入り御無用、とかいた貼紙が——」

ここにいたって、吉良上野介の憔悴《しょうすい》した神経と気力は、ついにポッキリ折れてしまった。

「か、かえるっ」

狂ったようにかんだかい悲鳴。

「わ、わしをかえらせてくれ、江戸へ——」

六

白河の関を二三日のうちにもこえるというどたんばで、ついに臆病風に我慢の炎をふきけされた上野介、だだッ子のように、

「綱憲どの、わしはもう米沢へゆくのはいやじゃ。——」

と、いい出したから、まわりのものは困惑しきってしまった。

綱憲にしてみれば、道中もろもろの怪事に、いよいよ父に対する不安のこころをかきたてられているところだし、力およぶかぎり上野介の身をまもるとちかった千坂兵部にいたっては、ここで上野介にかえられては面目まるつぶれだ。粂寺扇千代もまた口角泡をとばして旅の続行を力説し、いちじ上野介、また思いなおしかけたが、

「しからば、どうせ江戸へおかえりあそばすとも、ここまでおいであったからは、せめて米沢にて、連心上生院さまの御墓前にもいちどお詣りを——」

と、ふと兵部がいってから、またふるえ出した。連心上生院とは、上杉綱勝の法号だ。

「いやじゃ、いやじゃ。……どうぞ江戸で死なせてくれい。どうせ生きながらえても余生少ない身、わしの望むところで死なせてくれい。……」

足ずりし、身をおしもみ、もう手がつけられない。

綱憲は落涙しつつ、ながいあいだ苦悩の皺《しわ》をよせていたが、やがて不安げな眼で、兵部をみた。

「兵部、父上が江戸へかえられるとして……道中はいっそう危険ではないか?」

「いや、それは兵部の力およびますかぎり。――」

この一代の名家老も、この道中に関しては、どうも、「力およびますかぎり――」もあてにはならない。――と、皮肉きわまる眼でちらっとみたのは、粂寺扇千代ひとり。そんなことをいうべく、事態はあまりにも深刻すぎるし、またこの千坂兵部を信ぜずして、家中のだれを信ずべきか?

「上野介さま御警護として百人の武士をつけ、その采配を小林平七にまかせれば、神もって大事あるまいと存じまする」

「百人で、不安はないか?」

「わたくしの探りましたるところでは、上野介さまにお恨みをいだく瘦浪人どもは、多く見ても五六十人、しかも、そのなかばは未だ上方にありとみております。そのうえ、近江丹兵衛の申すところによれば、裏切者は秋の木の葉のちるごとく――」

「したが、そのなかに、油断ならぬ使い手はないか?」

「殿、兵部の眼を以てみれば、小林平七と近江丹兵衛ほどの腕のものは、そうざらにはあるまいと存じます」

「近江丹兵衛、近江丹兵衛と仰せられるが、御家老さま」

と、扇千代が口をいれた。

「あの男も、上野介さま御警護の侍のうちに加えられる御所存か。あれはもと浅野浪人、それで万一のことあれば、兵部さまお腹を召されても追いつきませぬぞ」

兵部はこたえず、ふりかえって、

「平七っ、近江丹兵衛参れ。——」

と、呼んだ。

小林平七と、近江丹兵衛がとんできて、手をつかえた。

「仔細あって、上野介さま、ここより江戸へ御帰還あそばす」

「はっ？」

「それについて、御道中のおまもり、とくにおぬしら両人の腕をたのみとしたい。きいてくれるか」

「恐れ入りたてまつる……」

あまりにも重大な使命に、身をこわばらせて頭を伏せるふたりを、兵部はじっとみて、

「とくに、丹兵衛、おまえは素性が素性。……不安に思うむきもないではない。そこを敢《あえ》てこの兵部がたのむのだ。縁あっておまえを買ったこの兵部じゃ。他がなんと申そうと、わしはおまえを信じたい。兵部のためにも、忠心、みせるはこのときであるぞ。よいか……」

丹兵衛は顔をあげた。その大きな眼に炎のようなものが浮かんだとみるまに、それは大粒の涙となって頰にあふれおちた。

「丹兵衛、神かけて！」

と、吼《ほ》えるようにさけんだ。兵部は微笑して、

「ところで、丹兵衛、浅野浪士のうちで、おまえの手にあまる奴などおろうか？」

「はっ、先ず、堀部安兵衛《ほりべやすべえ》。……それから、不破数右衛門《ふわすうえもん》……と申すところあたりでございましょうか。が、これとて、はばかりながら近江丹兵衛、この津田助広に唾《つば》くれますれば！」

いゝ、ちょうと豪刀の柄をたたいて、不敵な白い歯をみせた。

運命のくるまはまわる。吉良上野介は江戸にかえる。小林平七、近江丹兵衛の両剣士にひきいられる決死の百人の武士にまもられて。――

ここにふしぎなのは、粂寺扇千代。それに加わって、江戸にもどろうともせぬ。ここまできた以上、いっそ米沢という国をみたいと上野介にねがった。

上野介はあわれっぽい眼で扇千代をみたが、なにしろ柳沢からの拝領品、ことに神気おしひ

しがれたいま、それをとどめる気力もない。

兵部が、皮肉にからかった。

「そなた、御奉公は、命かけて上野介さまにきめたはずではなかったか？……もどられえ、もどられえ、江戸には出羽守さまもお待ちかねであるぞ」

扇千代はかっと頬をそめた。

「わたくしは、上野介さまを思えばこそ、米沢へ参るのです」

「異なことをきく。なぜの？」

「解《げ》せぬことがござる。先夜よりたびたびの奇ッ怪事、この扇千代は上杉家のなかに、かならず浅野浪人への内通者があるとにらんだ！」

「なに？」

これには、千坂兵部もはっとした風で、扇千代の顔をみる。このたぐいまれな美少年は、才ばしった眼をキラキラかがやかせて、

「扇千代は、その虫をみつけ出そう。掃除しよう。掃除してあらためて上野介さまを米沢へお迎えしようと存ずる！」

そして、金鈴のような笑い声をたてると、たちまち鳳凰《ほうおう》のように身をひるがえして、かけていってしまった。

――かけていったさきは、例の小冬のそば、その肩へ肩をならべて、うれしげに、なれなれしそうに、

「小冬どの、上野介さまは江戸へおかえりあそばすとのことだが、拙者はやはり米沢へまいる」

小冬の眉に、愁《うれ》いの翳《かげ》がさした。が、自信絶大な扇千代はそれに気づいたか気づかないか、美しい舌をちらっと出して、

「実をいえば、そなたの国をいちどみたいのじゃ」

まわりの供侍たちは、春というのにくしゃみをした。

七

吉良上野介をぶじ江戸へおくりとどけた小林平七と近江丹兵衛が、その報告をかねて、米沢へいそぎかえってきたのはそれから一ト月ばかりのちのこと。

帰国以来、綱憲は病床にあった。もともと蒲柳《ほりゅう》のたちではあるが、それを覆うはげしい気性のひとが、鬱々として床についているのは、江戸へかえった父への不安が嵩《こう》じてのことだった。

「おお、つつがなく御帰邸あったか？」――

と、もう深更にもかかわらず、彼は狂喜しておきあがったが、報告のなかで、笑いながら平七がいったことをきくと、またひたいにしわをよせてしまった。

上野介一行が千住から江戸に入ろうとする街道で、両側に上下座する土民のなかから、異様な気配をおぼえて左右をみると、それぞれ十人ずつくらいの虚無僧《こむそう》が、天蓋《てんがい》をふせてうずくまっている。

「……お！」

近江丹兵衛の巨体の筋肉がふくれあがったようなので、

「あれか？」

と、平七がきくと、凄《すさ》まじい眼のひかりになってうなずく。

――が、殺気満々として通ってゆく百人の北国侍に、この虚無僧たちは、ついに天蓋を伏せたまま、身うごきもしなかったという話。

「左様か。――」

綱憲は、蒼白い顔をあげた。

人間というものは、つねにこうしたものだが、やはり大田原で、老父を江戸にかえすのではなかったと思う。いかに父が弱音をあげ、だだをこねても、人さらい同様にしてもこの米沢へつれてくるべきであったと悔いずにはいられない。

扇千代がなにか妙なことを口ばしったが、あの道中の怪事はむろん浅野浪人のしわざではなくてなんだろう。あれはすなわち、父をこの奥州へこさせたくないという彼らのあせりをしめしたものだ。ここにひとたび父が入れば、その身は鉄壁にまもられると、それをきゃつらは何よりおそれたのだ。

おお、いまのいまも、江戸では、父が浅野浪士に襲われているのではあるまいか？　江戸にいるのは、父ばかりではない。現在吉良家の当主になっているのは、わが子左兵衛義周《さひょうえよしちか》なのだ。が、それだけ浅野の浪人どもが、父がこの米沢へくるのを恐れるとすれば、こんどの道中こそ、やわか彼らが腕をこまねいて見送るものと思われぬ。……

「兵部」

と、綱憲は苦悶の眼で、千坂をみた。

「笑ってくれ。わしは千々に思いみだれる。やはり父を呼ぶべきか、それとも江戸においたほうが安泰であろうか？」

「御心中、お察し申しあげまする。兵部は、ひたすら御意のまま。――」

「そうじゃ」

突然、綱憲はぎらっと眼をひからせて、

「兵部、わしは、天主で、不識院さまにきこうと思う」

「殿、それは——」

「不識院さまが何をお教え下さるか、わしは知らぬ。いまはただその仰せのままに従おうと思う」

綱憲は、なにかに憑かれたような眼つきだった。

不識院とは、いうまでもなく謙信のことだ。この松ケ崎城の天主閣には、この軍神的藩祖《はんそ》の霊が祭ってあった。

ふるくから、上杉家には、ふしぎな伝説がある。およそ進退にまよう上杉家の大事の際、当主が眼かくしして天主閣にのぼり、この霊のまえに護摩《ごま》をたいて祈れば、いかにすべきか謙信の霊が厳かにそれを教えるというのだ。ただそれは、当主生涯のただいちどにかぎる。——

そんな怪異は世にあるはずがない、というのが、しかし若いころからの兵部の意見だった。

また彼は、真に上杉家の大事のさい、主がそのような怪力乱神のさしずでうごくようなことがあっては、それこそ大事だ、ともかんがえた。

それで彼は、いまの綱憲が二歳にして吉良家からきた際、それを機会に、きっぱりとその祭壇の扉をとじ、神魔を封じこめて、綱憲にはそんなことをきかせないようにしていた。

しかし、綱憲は、やはりそのことを藩の老人のだれからかきいていたとみえる。——実際兵部も、あの柳沢にきかれたとおり、先代の綱勝が一夜この天主閣にのぼって、何やら占い、顔色蒼然としておりてきたのをみたことがあるのだ。

天主閣のなかで、何がおこるのか、代々武勇をもってきこえた上杉家の藩主たちを、かくも戦慄《せんりつ》させるものの正体は何なのであろうか。

それこそは、千坂兵部もまだ知らない、えたいのしれぬ、ぞっとするような神秘だった。

ぎょろりとした眼で、だまってあおいでいる家老の顔をみて、綱憲はかすかに唇をふるわせて、

「ただ、父上は上杉家のおひとではない。そのひとの御一身について天主に祈ることは、さだめし兵部にも不服があろう。これが上杉家の大事じゃとは思わぬであろう。……じゃが、兵部、わしの私情をゆるしてくれい。わしの生涯に、いまほど苦しいことが、またとあろうとは思われぬのだ……」

兵部の眼はうるんだ。

「殿。……御遠慮なく、不識院さまにおききあそばしませ」

と、いった。それから、まただまって考えていて、

「ただ……お願いがござる。兵部も天主におつれ下さりますよう。兵部も、不識院さまの仰せを、とくと承わりたいと存じまする」

綱憲は、放心したようにうなずいた。

小林平七と、近江丹兵衛は、御前を下がってきた。

石垣の上に、青葉の匂いのみが濃くにおう闇の中を、このふたりの豪快な男は、ながい旅をともにしてきたあいだに生まれた、さわやかな友情をおぼえながらあるいている。

三ノ丸までおりてきたとき、どこかでひくい女のさけび声がきこえた。

「まっ、夜中お呼び下されたのは、そのような御用でございますか！　存じませぬ！」

それにおしかぶせるような男の声が、

「存ぜぬとはいわさぬ、氏家の宿で、夜中ひそかに上野介さまの御寝所をうかがっていたのはだれじゃ。上野介さまに声かけられて、あわててにげ去ったうしろ姿はたしかにそなた。扇千代はしかとみたのだ」

粂寺扇千代の声である。こちらのふたりは、はっとして足をとどめた。

「存じませぬ。存じませぬ」

「もうひとついおうか。そなたは兵部さまの密偵として、南部坂の浅野屋敷に入り、素性みやぶられて、はだしでにげもどってきたとか申したそうな。……じゃが、わしのしらべたところによると、浅野屋敷にそのようなさわぎはなかったようだ」

「なかったとは、どなたさまからおききなされました？」

扇千代はだまった。しばらくして、笑い声で、

「まあよい。小冬どの、左様なことを知っておるのはこのわしだけだ。そなたの出ようによっては、だまっていてやってもよい。そなたの——出ようによってはな」

「あっ、何をなされます？」

「えい、わしほどのものに想いをかけられて、女の冥利とは思わぬか」

「だれか、だれか——」

小林平七は舌うちした。

「きゃつ、どうも肌に合わぬ」

と、つぶやくと、ふたりは地ひびきたてて駆け出した。あわてて扇千代は手をはなす。小冬はヨロヨロと暗い地上にうずくまった様子だ。

「御城中をわきまえざるたわけ者め、余人はしらず、この平七は大いに手を出すぞ」

粂寺扇千代は、ぱっと凧鳥のようにとびずさった。こちらを闇にすかして、さすがに肩で息をしているのに、

「これ、ただいま妙なことをいっておったな。道中、上野介さまに害を加えようとしたのは、この小冬どのとか。——ばかな！　しからば、喜連川で矢を射たのもそうだというのか。小冬どのは、わしの傍におられたぞ」

「ほかに、同類がおるのだ」

「同類？　だれじゃ、それは――」

「だれでもよい。いまに面皮《めんぴ》をはいでおぬしにみせてやる。――おや、そこにいるのは、あの自称、浅野の裏ぎり侍ではないか」

「そうだ、近江丹兵衛じゃ。おぬしがひどく気をもんだ男だが、案ずるより生むがはやい。丹兵衛、みごとに上野介さまを江戸へおくりとどけたわ」

と、平七は笑った。

「それは、重畳《ちようじよう》」

「それは重畳と、ケロリと申してすむことか。よいか、もしこの丹兵衛が上野介さまに異心あれば、大田原より江戸まで機会はいくどもあった。それにもかかわらず、こいつ手を出すどころか、終始熱誠を以て、上野介さまを御守護申しあげたぞ。それは、この小林平七がしかとみた！」

「…………」

「御当家きっての御名臣千坂兵部さまが、とくに眼をかけて使われた小冬どのや近江丹兵衛を、こともあろうに、敵に通じる曲者などと、あらぬ疑いをかける無礼者、ただいまここで土下座してわびろ」

「…………」

「それとも、小林平七の剣をみたいかっ」

この男の腕のものすごさは、藩中だれしもが素直にみとめるところだ。さすがの粂寺扇千代も、がくとひざをついた。――とみるまに、ぱっと闇に花粉のようになまめかしい伽羅香《きゃらこう》の匂いをちらして、バタバタとむこうへにげ去った。

遠くで、ふりかえってさけぶ声がきこえた。

「いまにみておれ、化けの皮をはいでくれるぞ」

八

ひょうふっ！

どこからともなくとび来った一本の矢、夏草のおいしげった水門の下をあるいていた小冬、足もとにおちた矢に蝶のようにむすびつけてある白いものをみて、たちすくんだ。

――矢文だ。

あたりを見まわして、彼女はひろいあげ、それをひらいた。

「磯の貝より文参る。談合の事あり。ろの渡櫓《わたりやぐら》に参られよ。――丹」

小冬は顔いろをかえて、その文をたもとにいれた。

その奇怪な文言にどんな魔力があったのか。——彼女がいったのは、まさにそのろの渡櫓のなかだった。このなかには天主閣へはこぶための用水井戸がある。

ギ、ギ……ギ……と、戸をひらくと、なかはうす暗い。ひろい、湿《しめ》っぽい土間のまんなかに、大きな井戸がある。その井戸のふちに、朦朧《もうろう》と腰うちかけている姿。——

「近江さま」

しのびやかに声をかけると、影はふくみ笑いとともにたちあがって、

「捕った！」

さけぶとどうじに、ひとはねとんで、小冬の腕をとらえた。

「あっ」

身をひるがえそうとしたが、もうおそい。ちかぢかと顔をよせて笑う粂寺扇千代から、必死にのがれようともがきながら、

「偽せ文で——卑怯《ひきょう》な！」

「偽せ文に、なぜ釣られた？　いやさ、磯の貝という名で、千坂どのの侍女の筈のおまえがなぜここまで釣り出された？」

扇千代は、ゲラゲラ笑った。小さな矢狭間からさしこむ斜陽をうけて、きゅっと口をつりあげた美少年の顔は、般若《はんにゃ》のようだ。

「よいか、わしは知っておるのだぞ。おまえはたしかに千坂どのの密偵として浅野屋敷に入った。が、そこで、屋敷に出入りする磯貝十郎左衛門という赤穂浪人といちゃつきはじめたのだ。……わしはここにおっても、江戸まで見とおしだ。あれ調べよといってやれば、たちどころに或る向きが探索して、その返事をおくってくるのだ。近江丹兵衛と申す浪人者も、はたして返り忠のものか猫ッかぶりか、きょうあすにも調べはついてくるであろう。どうだ？　小冬、白状せい！」

両肩に手をかけて、ゆすぶられて、小冬の首がグラグラゆれる。蒼白な顔にフサとまつげをとじて、花弁のような唇がふるえている。

――と、みると、扇千代、いきなりかぶりつくように、その唇を吸おうとした。

さっと小冬は首をのけぞらすとみるまに、片手がうごく。その手くびを、グイととらえられて、懐剣がおちた。

扇千代の眼に、憎悪の炎がかがやいた。彼はいままでじぶんに対して、これほど抵抗する女にあったことがない。

「もはや、容赦はせぬぞ。痛め問いにかけても口をわらしてくれる！」

と、わめいたかと思うと、左手は蔓《つる》のように小冬の胴にまきついたまま、右手で小冬の手を口にもっていってプツリとその小指をかみちぎった。

「あうっ」

小冬は、なんともいえないうめきをあげて、のけぞりかえる。扇千代ははなさない。

「どうじゃ?」

と、血のしたたる唇をひきつらせると、

「白状しろ、浅野方に寝がえったと――」

そしてまた、女のくすり指を、ねじるようにくいちぎった。

小冬は何かまた声をあげたが、ことばにはならなかった。ひらいた口に、扇千代の唇がかぶりついてきたからだ。――これではいったい、白状させようとしているのか、そんなことはどうでもいいのか、わからない。

一見、月輪のように秀麗なこの美少年の、どこにかくも淫虐《いんぎやく》な血しおが波打っているのか。――しかり、彼は女に対して、憎悪にもえている。そのあまりな美しさのために、貴人から女のように愛されたこの青年は、女にねじれたにくしみをいだいている。しかも、半面、兇暴な男の本能はおさえきれず、両者交錯して、かくも「女侍」らしい残忍な行為となってあらわれるのだ。

「それ申せ、それ申せ、それ……それ……」

日のくれてきた渡櫓の井戸のふちで、このりりしく豊艶な武家娘が、身もだえのためにいまは白い肩も胸も足もむき出しになって、あえぎ、のたうつのに、蛇のようにからみついて、その指を一本、一本、くいちぎってゆきながら、その唇と乳房のうねりの触感をたのしみぬいているかのようにみえる粂寺扇千代。

猫が鼠をいたぶるように、女をさいなみ、しゃぶり、はては快楽と血の香に酔っぱらって、えい、このまま死ねば、この井戸の中へほうりこむだけだ、ともちらっとかんがえたがそれじゃ殺人のほうの名目はともかく、衛生方面からみてあとでうるさくなりそうだし、女の指五本をくいちぎって、ようやく最初の計画どおり、ここで一応口書をとっておくべきだとわれにかえった。

——と、いうのは、いま扉のすきまから庭のむこうを、点々、三つの提灯《ちようちん》がとおってゆくのをみて、ふいと現実にかえったので、

「おういっ……そこなもの」

と呼びかけた。

「浅野の間者をとらえたぞ。すぐ千坂どのに注進してくれ！」

提灯はとまった。すぐこちらへやってきた。

扇千代は、つぎの愉しみを予想して、ニヤニヤした。あの名家老づらした千坂が、じぶんが使う侍女の返り忠を指摘されて、おどろき、狼狽《ろうばい》し、窮地におちる顔をみることができるとい

う満足感だ。

「……お！」

次の瞬間、眼をみひらいたのは扇千代だ。

入口に、提灯の灯に浮きあがったのは、裃をつけたその千坂と、小林平七と、近江丹兵衛の三つの顔。あまりに思いがけないから、しばし絶句した扇千代を千坂はじろっとみて、

「これは、乱心いたしたか？」

と、さして、おどろきの様子もなくつぶやいたが、次に、扇千代の手に抱きすくめられて痙《けい》攣《れん》する女の顔と手をみて、さすがにはっとしたようだ。

「小冬、すなわち、浅野への内通省」

と、血まみれの唇で、扇千代は哄笑《こうしょう》した。快味が背すじをはしった。

「兵部さま、御家老の御身を以て、なんたる御失態、獅子身中の虫を飼われたのは、ほかならぬあなたでございましたぞ」

「小冬が？　何を？」

「おそらく、江戸からの道中、上野介さまをおびやかし、ついに米沢入りを断念させ申しあげた陰謀の一味」

「一味、とは？」

「むろん、ひとりの仕業ではない。その証拠に、それ、さっき拙者がこの女に、磯の貝より文参る、談合の事あり、ろの渡櫓に参られよ、丹――と矢文を送ったら、はたしてウカウカとここへ釣り出されてござるわ。丹、とはすなわちそこな御家来、近江丹兵衛どののつもり」

皮肉に、また笑った。

千坂兵部は、近江丹兵衛をかえりみもせず、

「磯貝、とはなんのことじゃ？」

「おろかな！　江戸にある浅野浪人の名です。この女め、御家老の命で南部坂に密偵に入ったものの、敵方の磯貝十郎左衛門と申すものと恋におち、わざと正体見やぶられたとの偽りの口辞を以てにげもどり、上野介さま米沢入りの真偽をたしかめようと、以後むこうの手先となってうごいてきた様子」

「と、小冬が白状いたしたか？」

「強情な奴にて、ごらんのごとく、かくまで痛め問いにかけましたが、まだ申しませぬ。が、これは拙者が江戸のさる向きのお調べによって手に入れたるたしかな情報、おのぞみとあれば、おんまえでこれから白状させてもようござるが、さてそのとき、御家老さま、御自身の御失態を、なんとあそばす？」

「江戸の、さる向き？」

「柳沢出羽守さまでござる！」

扇千代は、昂然《こうぜん》と眉をあげた。

千坂の眼が灯にギラリとひかった。が、すぐに、

「相わかった」

と、沈痛につぶやき、うしろをふりかえって、

「その磯貝と申す奴も、遠からず冥途《めいど》に参るであろう。丹兵衛、その女を斬れっ」

「はっ」

小冬は、なぜか微笑した。とみるまに、ツカツカとすすみ出た近江丹兵衛、はっと扇千代が小冬をつきのけるよりはやく、

「南無《なむ》。――」

大袈裟《おおげさ》に、小冬の肩を斬りさげてしまった。

粂寺扇千代はとびあがった。

「兵部さまその女の口書は要らぬのでござるか！……その丹兵衛も、なお疑いはれぬ男でございますぞ！」

「赤穂の浪人を三人斬り、いままた赤穂の密偵を成敗した丹兵衛が一味か」

扇千代の顔が動揺した。いまの丹兵衛のあまりにも無造作な一刀に、これは、と思ったのだ。

が、ふっと、丹兵衛の眼にひかるものをみると、急になにかさけび出そうとした。

そのとき、兵部が厳粛《げんしゅく》にいった。

「これより、天主閣にて、殿おんみずから、不識院さまに、上野介さまを米沢へおよび申すべきか、および申さざるべきかをお問いあそばす」

「なに……」

「御儀に、おぬしもつらなりたかろう。おん供申しつける。はや不浄の血をその井戸で洗ったがよいぞ」

九

これは、米沢城、またの名を松ケ崎城。――城のすがた、鶴のつばさをひらいたかのごとく、べつに一名舞鶴《まいづる》城と呼ぶ。

曾《かつ》て、伊達ここにあり、蒲生ここにあり、また俠勇直江山城ここにあり、関ケ原以来、上杉代々の一城だ。東に奥羽分水嶺、西に飯豊《いいとよ》、三国の連山、南にそびえる吾妻の峻嶺、北に白鷹山をへだてて、はるかに朝日、月山をのぞむ壮美な景観のなか。――月、東の山脈にのぼり、数千の甍《いらか》きらめく夜の大天主閣。

ここに敬愛修法《けいあいしゅほう》の曼陀羅《まんだら》を設け、もえる護摩木《ごまぼく》のなかに粛然と坐っている上杉弾正大弼綱憲、おしえられた古法のとおり、眼を白布でおおい、ひれ伏している。妖煙のなかにみえるのは、祭壇にかかげられた軍神不識庵謙信の画像。

一刻祈った。

二刻祈った。

月、天心にかかり、画像はものいいたげに、しかもなお寂と沈黙している。護摩壇のしりえに、千坂兵部と三人の家臣は、眼を凝らして、何かを待っていた。

三刻。

かすかな声があった。綱憲はビクとあたまをあげたが、画像は黙していた。なに、この声は、粂寺扇千代があくびをしたのだ。ぎらっとした眼でふりかえってこれをにらんだ千坂兵部、やがて、沈んだ声をかけた。

「殿。……」

「…………」

「おそれながら、殿……もはや、およしなされませ」

「なんと申す?」

「兵部、かんがえまするに……おそらく御画像はなにも申し給わぬでございましょう。……御画像がおん口きかせ給う道理がありませぬ。……」

綱憲は眼の覆いをとった。

「しかし、先代は――」

「御先代さまが、いかなる妖しの声をおききあそばしたかはしらず……所詮、いまの世には、捨てさせ給うべきおん修法と存じまする……」

綱憲は、恐ろしい眼で兵部をみた。

千坂兵部は、臆せずに、が、うるんだ眼で主君を見あげた。

「しからば、どうせいと申す?」

「兵部は……やはり、上野介さま、御国入りの儀とりやめさせ給うべし、と相考えまする」

「江戸で、父は、赤穂浪人どもに討たれはせぬか?」

「上野介さま、江戸で赤穂浪人に討たれさせ給うべし、と存じまする……」

「なにっ」

綱憲は、はねあがった。

千坂はうごかぬ。大きな眼で綱憲をみている。黒い唇から血を吐くような声が、戦慄すべきことばをつたえた。

「この一言、いま申しあげるまで……兵部は夜々輾転《てんてん》つかまつりました。しかも、いま申しあげて、この口裂けずやとも思いまするが……たとえこの口裂けようと、いやさ殿に八ツ裂の御成敗受けましょうと、兵部、これを申しあげまする」

「なぜだ！　兵部っ、な、なぜだっ？」

「それが将軍綱吉さまの御意向でござれば」

綱憲は金しばりになった。兵部のなんたる恐ろしい言葉だ。そしてなんたる恐ろしい眼だ。

……かすれた声でいった。

「兵部。きけ、……浅野刃傷《にんじょう》の際、もっとも激怒あそばしたは将軍家であるぞ。内匠頭に即刻切腹の御処断下されたは、将軍家であるぞ。また、手傷負うた父に、とくに神妙とのおんねぎらいあったは、将軍家御自身であるぞ。……その将軍家が、いまにいたって御変心あったと申すのか？」

「将軍家にあっては、御変心あった。と相かんがえまする」

身ぶるいするような沈痛きわまる兵部の声音だった。唖然《あぜん》たる綱憲に、兵部はいう。

「浅野刃傷のさい、もっとも御立腹あったはたしかに公方《くぼう》さまでござった。そのおん怒りのため、内匠頭は切腹、家は改易《かいえき》。……民の同情は翕然《きゅうぜん》として赤穂一藩にあつまりました。いまは心なき童ですら、赤穂の浪人、吉良さま討つべし、亡君のうらみはらすべき日あるべしと、当然のことのごとくに待ちうけておりまする。……」

「存じておる！　さればこそ――」

「殿、お待ち下され。……公方さまのお怒りは、これで冷めはてました。おそらく、公方さまは、お悔いなされ、浅野浪人どもをふびんに存ぜられ、民の口をお怖れあそばしておるものと存ぜられまする。……」

「左様な、卑怯《ひきよう》な――得手勝手な！」

「殿。ただいまの将軍家は、犬を人より大事にあそばすほどのお方でございます。下世話に申せば、天下一のきまま者、大わがまま者でおいであそばす。……恐ろしいお方でございます」

「兵部、それはおまえの推量であろう。証拠があるか」

「されば……兵部がそれを察して、これは、と身うちに冷気をおぼえましたは、かの上野介さまお屋敷替えのことねがい出て、即座におゆるしあった際、わがねがい出たことながらおん曲輪《くるわ》うちから辺鄙《へんぴ》な本所へ上野介を移しまいらせたは……これはお公儀から、内匠頭家来に討てよと仰せられぬばかりのあそばされかたと、内々評判いたしおるむきもあるやに承わりましてございます」

綱憲は、まっさおな顔色であった。兵部はつづける。

「あきらかに、上野介さまにおん罪はございませぬ。ただ上野介さまは……お公儀のおん悔いのしりぬぐいをあそばさなければならぬお方でございます」

綱憲は、顔をあげ、絶叫するようにいった。

「柳沢はどうじゃ。出羽守にも責任はあるぞ！」

「もとより、公方さまのおん腹をみぬくには烱眼《けいがん》な出羽守さま、すでに公方さまが、御自身の御処断をおん悔いなされ、御自身に腹たて、悶々《もんもん》としておいであそばすのをみてとって、おそらくいちじは、しまった、とお考えあそばされたでございましょう。その公方さまの御癇癪《かんしゃく》が、やがておのれにむかってくるのをふせぐ方法はただひとつ。……」

「父を討たせることか！」

「いや、出羽守さまは、もっと恐ろしいお方でござる。その上をいって、御当家十五万石のおとりつぶし。……」

「なにっ」

「出羽守さまは、公方さまの御心中を知りつつ、あえて上野介さまをこの米沢へお落し申そうとなされてござる。公方さまの御不快を、いっそうかきたてようとなされてございます。……それで、そのはて、この十五万石が手に入れば、これは公方さまの御鬱憤《うつぷん》ばらしと充分つりあいがとれると目計りしておいであそばすものと、兵部はみております。……」

「ばかな！　左様な理不尽な！」

「理不尽と申せば、浅野をなんのお裁きにもかけず、即刻腹きらせたお上の御処置を理不尽な、と下じもで申しておりまする由。公方さまは、左様なお方でございます」

「いかに将軍家にせよ、罪もない上杉家をとりつぶせるか！」

「それは、即刻ではございますまい。が……上野介さまをおひきとりあそばさば、将軍家のおん怒りは内攻して、いずれ遠からず御当家にむけられるは必定。……いいがかりは、何とでもつけられます。殿！……御当家は、元来関ケ原で徳川家に弓ひき、会津百三十万石から三十万石へ、いまはからくも十五万石で残喘《ざんぜん》をたもちおるおん家でございますぞ……」

「兵部……兵部」

綱憲はあえいだ。

「それはみんなおまえの邪推じゃ。悪推量じゃ。思いすぎ、考えすぎじゃ。……」

「思いすぎではございませぬ。御当家の御運を左様におとすべく、柳沢より密偵が入っておりまする。上野介さまを米沢へお移しいたすように……その策動にのるのが、すなわち罠《わな》におちるも同然！」

千坂兵部は、すっくと立った。

「柳沢の犬！」

粂寺扇千代ははねあがって、美しい炎のような眼で兵部をにらんだ。

「知らぬ。わしは知らぬっ」

「とはいわさぬ。問うにおちず、かたるにおちたな、粂寺扇千代、先刻、おのれの糸ひく柳沢と申したを忘れたか！」

上り口ににげかけて、そこに小林平七が厳のように坐っているのをみると、扇千代は身をひるがえし、蝙蝠《こうもり》のごとく天主閣の窓へはばたいた。

「御免！」

月にうそぶく猛虎のごとく吼えたのは近江丹兵衛、床を鳴らして立つと同時、豪刀一閃《いっせん》して月明の窓に血の霧風がたち首と胴ふたつになった美少年はゆくえもしれず落ちていった。——むっつりしていて、どうも実によく人を斬る男だ。

綱憲は、喪神したようにつっ立っていた。突如、発狂したように叫んだ。

「いやだ、兵部、わしはいやだぞ。上杉十五万石をかけて、将軍家の御意にさからうぞ！」

妖炎がゆれた。メラメラと世にも妖しい炎のいろであった。突然、そのむこうで何やら重々しくうなるような声をきいて、四人の主従は凝然とたちすくんだ。

兵部、平七、丹兵衛にはもう何もきこえない。ただ弾正大弼綱憲だけが、冷汗をしたたらせながら、がばと祭壇の下にひれ伏した。

「恐れ入りたてまつる。……仰せのごとく、上杉家はつぶしませぬ。……綱憲、かならず不識院さまの命脈たもちまする。……」

炎のなかに、摩利支天《まりしてん》謙信の画像は、あの袈裟頭巾でつつまれた顔で、黙然としてこのあわれむべき末裔《まつえい》のすがたを見下ろしている。……

十

「御家老さま。……」

「………」

「御家老さま！」

小林平七は、二度呼んだ。千坂兵部は、腕こまぬいて、首をたれて、黙々と大手門のほうへあるいている。老いがいちどに身にあらわれたようなかなしげな姿であった。

星が、空をながれた。

「小冬どのは、やっぱり浅野方へ寝返ったものでありましょうか？」

「そうであろう」

兵部は、放心したようにつぶやいた。しばらくして、われにかえったように、

「ふびんなやつ！……浅野浪人の忠志にうたれたものであろう。丹兵衛に斬られるとき、笑いおったな。磯貝も、遠からずあとより参ると申してやったら、ニコと笑いおったな。……」

「それでは――それでは、江戸からの道中、上野介さまおびやかした曲者は、あの小冬でござったか？　それにしても……」

「すべてが、そうではない」

と、兵部はくびをふって、うなだれて、また黙々とあゆみつづける。小林平七は、ボンヤリした顔つきで、あとを追った。

「すべてが……そうではない。と、仰せられると？」

兵部はうめくようにいった。

「平七……わしは……お可哀そうな殿にいまのいままで、上野介さまを江戸におもどしなされ、とは、どうしてもいえなんだのじゃ」

愕然《がくぜん》としてたちすくんだ平七のまえに、兵部はたちどまって、星を仰いだ。

「上野介さまは……上杉家代々の御霊に対しても、このお城に、足ふみいれてはなるまじきお方。さようなことがあっては、天主閣の御画像はしらず、綱勝さまのみたまがお怒りあそばされよう。……」

なぜともしれず、平七はふるえあがった。

ゆくてに、かたむく月を背に、大手門の黒い影が、みえていた。

「丹兵衛」

と、ポツリと兵部はいった。

黙然としたがってきた近江丹兵衛は、星影に顔をあげた。なにを思うかその魁偉な頰を涙があらっている。

「もう、用はすんだであろう。上野介、米沢お入りの儀は、これにて止んだ。安心してゆけ、江戸へかえれ――」

平七の傍に、近江丹兵衛はたちすくんだ。とみるまに、ふたりはぱっと二間もとびはなれた。

兵部は、暗い笑顔で、

「丹兵衛、江戸の――大名小路で、仲間を斬ったは、わしの駕籠を待ちうけての、反間苦肉のはかりごとであったのか？」

「――いや、あれは偶然でござる」

と、丹兵衛は、なお平七のほうを警戒しながら、それでもようやくおちついた声でこたえた。

「上杉屋敷につれてゆかれて、はじめて、吉良どの奥羽おちの風説をたしかめんとの心を起したのでござる。……したが小冬どのまで同志磯貝の志をうけたものとは、のちのちまでゆめにもしらず……ふびんなことでござった！」

「大名小路で斬ったのは？」

「あの三人が裏切者」

「江戸へ上野介さまを送りかえす道中、手出しをせなんだのは？」

「無念ながら、ぬけがけ無用、との大石内蔵助の厳命でござる」

ぱっと小林平七の肘の弦がうごきかけたのを、ピタと千坂兵部はおさえた。

「待て、平七、先刻殿に申したわしの言葉を忘れたか？……ゆけ、丹兵衛、いつか両人はれて剣をまじえる夜もあろう。ただ、きく、丹兵衛、本名は？――」

遠くはしり去る闇のなかから、あきらかにお辞儀した声がかえってきた。

「浅野浪人、不破数右衛門《ふわすうえもん》。――」


――その一夜。

「大いに働き申し候ところは不破数右衛門働きにて、勝負いたし候相手、かたのごとき手ききにて、小手着物はことごとく切り裂かれ申し候。その身の刀もささらとこそ申し候。刃は皆無のようにまかりなり、四五人も切りとめ申すつもりにて候」――大石文書《もんじょ》――

乞食八万騎

一

水色脚絆《きやはん》、白い足袋《たび》に日和《ひより》下駄、着物は木綿《もめん》だが半襟と袖口だけは赤い縮緬《ちりめん》をつけて、かぶった韮山《にらやま》笠のひもが紅鹿子《べにかのこ》の絞りだ。それが二人、打連れて、三味線《しやみせん》を抱いてゆく。ところはその名も三味線堀のほとりを。

いうまでもなく鳥追いだ。

天下の風雲は知らず、慶応三年正月の江戸は、少くとも庶民にとっては二百何十年かの泰平の正月の一つに過ぎず、鳥追いは江戸の正月に欠かせない風物詩であった。

笠が深い上に、あいだに苫舟《とま》の浮かんだ堀さえへだてているので、その二人の鳥追い女の顔は信楽《しがらき》愛四郎にはよく見えなかったが、刈谷鶏之介《かりやけいのすけ》が棒立ちになったのではっとした。

「あれですか」

と、同心の榎戸主馬《えのきどしゆめ》が聞いた。

深編笠をかぶっていた刈谷がうなずいた。笠の中で蒼《あお》ざめて、しかし眼をひからせて堀の向うを見つめている。

堀の向うの路には、鳥追い女のほかに、二人の折助《おりすけ》が来かかっていた。正月のせいか、二人とも千鳥足であったが、ゆきずりに何か冗談をいったらしかった。それに対して女がいい返し、双方ともに立ちどまって話をしはじめた。折助が笑いながら、指を二本か三本立てている。

「売色の交渉でござる」

と、榎戸がささやいた。

「ああして、そこらの葭簀《よしず》張りの小屋などへひき込むのも女太夫の商売で」

「ゆこう」

信楽愛四郎は刈谷鶏之介をふりむいた。しかし刈谷は動かなかった。

そのうちに、鳥追いと折助は話し合いがついたと見えて、北の方へぶらぶらと歩いてゆく。

折助たちはもう浮かれて、女太夫の肩に手をかけんばかりだ。愛四郎はあわてて声をはげました。

「おい、あれを見て見ないふりをするつもりか。何のためにいままで探しまわったのだ」

「いや、おれはゆかぬ。……捨ておけ、あのような売女《ばいた》」

地を這《は》うような声で刈谷はうめいた。

「まったく、あの女、売女になりおったのじゃ！」

捨ておけば向う岸の四人は消えてしまうと見て、信楽愛四郎は友をあとに残して駈け出した。

つづいて榎戸主馬が追って来る。

二人は、北側の橋を渡って浅草側に渡り、鳥追いと折助の前に回って立ちふさがった。

「なんだなんだ！」

二人の折助は醜悪な酔顔に歯をむき出したが、

「八丁堀の者だ。そこな女太夫、隠し淫売の嫌疑で取調べる」

榎戸主馬が巻羽織の着流しの帯のうしろから朱房の十手を出したのを見て、ぎょっとした表情になってひるんだ。その上、いっしょの侍が深編笠をかぶってはいるが御家人風と知って、ぶつぶついいながら、あわてて離れていった。

「まあ、旦那」

と、女太夫が笠に手をかけて顔をあげて笑った。愛四郎は眼を見張った。白いあごに紅のひもを結んだその女は、まだ二十にもならず、いま売笑の交渉をしていたことが信じられないような愛くるしい美貌《びぼう》だったからだ。

「お正月だというのに、なんて野暮な。――」

「いや、ゆるせ、用はおまえではない」

榎戸主馬はにが笑いした。

「用はそっちの女だが、かい、からじゃけの太郎吉から聞くと、お前と組になって鳥追いに出ておるというので、昨日から探しておったのじゃ」

「え、お篠に御用。――」

もう一人の女太夫は絵に描かれた女のように動かないで立ちすくんでいたが、自分の名を呼ばれておびえたように笠を揺り動かした。そのとたんやはり紅緒《べにお》にあごを結ばれた顔が見えて、もういちど愛四郎は息をのんだ。探していたくせにはじめて見るが、こういう運命におちた女とはこれまた信じられない、䕶《ろう》たけた凄艶《せいえん》な美女であった。

「お篠――どの、といわれるか」

思わずどのをつけたのは、その美貌に対してだ。

「話がある」

お篠はふるえる吐息をついて、不審そうに愛四郎を見た。

「あの……どんなお話でございましょう？」

「私ではない。刈谷鶏之介がだ」

「――えっ、刈谷……さま？」

「刈谷はあそこにおる」

といって、愛四郎はふり返って、まばたきした。ほんのいままで堀の向うにいたはずの刈谷鶏之介の姿はかき消えていた。

「おい、榎戸。……刈谷を探して来てくれぬか。いや、恥じて逃げたようだが、刈谷はおぬしにすまながって、未練を持って、私といっしょに昨日からそなたを探していたのだ。どうか話をきいてやってくれ。……」

「いまさら、お話しして、何になるのでございましょうか」

と、お篠は蒼白い美しい仮面のような無表情でいった。

「あのころから身分ちがいのわたしでした。……まして、今は、非人のお篠です」

「待っておくんなさいまし、八丁堀の旦那」

駈け出そうとした榎戸主馬を、もう一人の女太夫が呼びとめた。

「なんだか事情が、わかったようなわからないような話ですけれど……さっき堀の向うで恐ろしい勢いで逃げてったお武家さまがあったようですが、あれがお篠の元の御主人さまですか」

「うむ。……どうして逃げ出されたものか。――」

「それはあたいにはわかりませんけれど、わかっているのは、あの勢いじゃあ、追っかけたってつかまらないっていうことですわ」

愛くるしい笑顔が、別人のように不敵なものに変った。

「それに、もうひとつわかっているのは、お篠がもとの世界には決して帰らないっていうことです。ねえ、お篠?」

「あいさ」

お篠も笑った。美しい能面のような表情がこれまた別人のように大胆なものに変った。

「非人の売女の世界は、三日やったらやめられない世界さねえ。ああ、商売のじゃまされちゃった。八丁堀の旦那でござんすか、お正月だから、御慈悲にお目こぼしねがいますよ。――さっ、お民ちゃん、ゆこうよ」

三味線をとりなおし、ふと信楽愛四郎に眼をとめて、

「おや、このお武家さまはういういしくて、可愛い。――それに、刈谷の旦那さまなんかとちがって、しゃちほこ張りぶりがお軽いようだ。どう？　旦那方、遊びませんか？」

艶然と笑ったが、まさに文句なくしゃちほこ張っている愛四郎に、ただ片眼をつむって見せただけで、スタスタ背を見せて歩き出した。

「八丁堀の旦那、おゆるし下さいましよ」

お民と呼ばれた女太夫の方は小腰をかがめたが、

「逃げてった旦那さまにおっしゃっておくんなさいまし。もうお篠に脈はないって。――もっとも御本人がお篠を見て逃げていっちゃったんだから、わざわざそうお断わりすることもないでしょうけれどね」

と、笑ってこれまたお篠のあとを追った。

「何てことだ」

同心榎戸主馬は舌打ちして、

「小生意気《こなまいき》な口をききやがったが、まったくの話、かんじんの大将が逃げちまったんじゃあ、あいつのいう通りどうしようもねえ」

と、同心口調で吐き出すようにいった。

「鶯《うぐいす》の初音の今日に袖つれて、
ひくや小松の千代の影、
心のどけき春遊び。……」

面白げな鳥追い唄にかすかに爪弾《つまび》きの音さえひびかせながら、三味線から立ちのぼる冬の夕霧の向うへ消えてゆく妖精のような二人の鳥追いの姿を見送って、むしろ恐怖に打たれて信楽愛四郎は立ちすくんでいる。やがて、つぶやいた。

「非人に、あんな女もおるか。……」

「はは、毒気をぬかれましたか。非人に落ちたお篠はさておき、もう一人のお民の方は非人頭《がしら》車善七《くるまぜんしち》の娘。ま、いまのところこの二人が非人の女のうちでも飛切りでしょうな。もっとも非人の娘に美しい女が多いという世上の評判はありますが」

榎戸主馬は首をかしげた。

「どこでも美人というやつは身分を超越しておりまして、お民だけは役人によくあんな口をききますが、それにしても、もう一人の女とともに、きょうはだいぶ腹をたてていたようですな」

愛四郎は、非人に落ちたお篠という女のさっきのせりふと笑顔に、怒りよりも自暴自棄の激情を感じて、そこに茫然《ぼうぜん》と立ちすくんでいた。

二

お篠は、掃除頭《そうじがしら》の刈谷家の婢《はしため》であった。これが一昨年当主となったばかりの鶏之介と関係した。

武家の主人と婢と――とうていハッピーエンドで終らぬ仲と思われるが、なに、たいしたことはない。掃除頭とは江戸城内の清掃にあたるいわゆる掃除者《そうじのもの》の頭《かしら》で、わずか百俵一人扶持《ぶち》の身分である。ただ常時江戸城に詰めている関係から、その点一般のぶらぶら御家人などより多少うるさいところもあるかも知れないが、それでも本人にその気があるなら女を一応朋輩の養女という風に細工をすれば、それで何とかなったに相違ない。

ところが――この若い掃除頭は、他人の評価以上に江戸城清掃の家柄に過剰な自意識を持っていた。顔つきや態度までが、書院番とか先手《さきて》組などという武官の旗本などより、はるかに武官らしかった。——そこで彼は一大克己心《こっきしん》をふるい起してお篠にいとまを出した。その理由というのが、自宅の掃除の至らぬことで彼女を叱り、とうてい家風に合わぬというのであった。去年の夏のことだ。

ところが、それから一ト月もたたぬうちに、お篠は心中をはかったのである。相手は近所の十七歳の錺《かざり》職人の見習いであった。

奉行所の調べによると、家に帰され、泣き暮しているお篠にその少年が同情し、自分を殺してくれというお篠の依頼によって彼女を絞め殺したのだが、そのあと自分も鏨《たがね》でのどをついて死んでしまったのだ。どうやら彼は以前から美しいお篠を恋していて、心中したつもりであったらしい。事実、奉行所では心中と見、かつ、どういうはずみでか生き返ったお篠を心中の片われとして、判例通りこれを三日間日本橋に晒《さら》した上、非人手下《てか》の刑に処したのであった。

この事件のことを聞いて、さすがに克己心の強い刈谷鶏之介も懊悩《おうのう》した。それを友人の信楽愛四郎が見とがめて、暮にはじめてこの話を聞いた。愛四郎は、これは同じ江戸城勤仕でも表《おもて》火番頭《ひのばんがしら》で職務はちがったが、二人とも熱心に講武所にかよった時期があって、そこで友人となったのだ。

刈谷は、「女がそんな運命におちいったのは、もとはといえばおれのせいかも知れない」といい、「無理な理由をこじつけていとまを出したのはあと味がわるい」といい、また、「ほんとうはおれはあの女が好きだったし、これから先もあの女以上に好きな女は現われないだろう」

ともいった。

まだ刈谷の家を訪ねたことのない愛四郎は、その女を知らなかった。しかし講武所にかよう旗本たちにくらべてもずっと武士的だとふだんから畏敬をおぼえ、そんな心情をもらしそうもない刈谷の告白であっただけに、彼は感動した。どこかロマンチックな性情を持つ愛四郎であった。

「その女に逢《あ》う気はないか」

と、彼はいった。刈谷鶏之介は驚いた表情をした。

「逢って、どうするのだ」

「わびるのだ」

「おれがわびる？……わびても、今更どうすることも出来ぬだろう」

「いや、いまおぬしがおれにいったこと、それをその女に告げるだけでもその女にとってどれほど救いになるかも知れない」

「しかし、非人になった女に、逢おうと思っても、ちょっと逢えまい」

「まあ、おれにまかせておいてくれ」

そういって、愛四郎は町奉行所同心の榎戸主馬にひそかに打明けて、お篠を捜す案内を依頼したのだ。

刈谷とほぼ同じころ江戸城火番頭となった愛四郎は、人間のタイプはちがうが自分の職務だけには意欲充分で、町奉行に依頼して火事に詳しい同心を招いて、配下の火の番一同とともに聴講したのだが、それが榎戸で、そのとき彼の知識のみならず、三十俵二人扶持の町同心の身をもって、居眠りして聴いていた城詰めの侍を叱咤《しった》した厳しさにかえって感心して、以後何かと交わりを結んでいたのであった。

非人は町奉行の管轄《かんかつ》下にある。だから、榎戸なら何とかなるだろうと頼んだのだが、彼は、

「さ、非人のことは私の担当ではありませんのでね」

とはいったものの、話を聞いて、それでは余人にまかせるのもまずいだろうと承知してくれたのだ。

で、昨日から、かんじんの刈谷がしぶるのを無理にひきずり出して、榎戸の案内で江戸の巷《ちまた》をあちこち探し歩き、ついにめざす女を見つけ出したのだ。

めざす女をやっと見つけたというのに、当人の刈谷鶏之介が逃げていってしまったのを「何てことだ」と榎戸主馬は舌打ちしたが、愛四郎とてまったく同感だ。

しかし、刈谷の心情もまたわからないではない。——女のあのざまを見ては。

刈谷鶏之介は自分とそういう関係にあった女について詳しく描写するようなたちばではなか

ったが、しかし愛四郎には、それがいかにも忍従的で、一方で思いつめる性質で、何となく哀《あい》婉《えん》な感じのする女だと想像された。——

その実物を見た。思っていたよりはるかに美しい女であった。あれが、ならぬ恋に苦しんで捨てられて死ぬまで思いつめたころは、まさしく哀婉をきわめたろう。——が、あれは？　あの折助を誘っていた媚態は？　自分たちを嘲《あざ》けって笑ったあの凄みは？

ふしぎに愛四郎は幻滅を感じなかった。

同時にあのお篠ばかりでなく、もう一人のお民という女——榎戸に聞くと非人頭車善七の娘だということだが——あれほど初々《ういうい》しくて、活気があって、まるで薔薇《ばら》の精のような娘は、自分の周囲はもとより、江戸の町にもいままで一人も見たことがなかったほどに思われた。

はじめて彼は、非人の世界に強烈な興味をおぼえた。

そのむれは江戸のいたるところにうろうろしているから、愛四郎とてまったく知識がないわけではない。しかし、たとえ軽輩《けいはい》にしろともかくも江戸城に仕える身分で、それは全然別世界の存在であったから、その知識はかいなでのものに過ぎなかった。

彼は帰途、改めて榎戸主馬に非人についての講義を求めた。

榎戸も、最初に本人がそれは自分の専門ではないと断わった通りだが、しかしまず非人の小屋頭の一人からじゃけの太郎吉なる者を訪ね、それからお篠の現状をたぐり出し、かつまたお民とも顔見知りであったところなどを見ると、さすがに町同心として、一般人よりその世界に深く接触していることは明らかだ。

榎戸は解説した。——ここには、それに少々作者の見解を加える。

非人は、簡単にいえば、「公認」の乞食集団である。いわゆる物貰い、紙屑拾いなどはもちろん、いかけに雪駄《せった》直し、門付けに大道の辻芸人などの大半がこれに属するが、ただ明治以後の乞食とちがうのは、これが社会的に一つの階級——最下級の人種として鉄のごとく組織されていたことだ。

徳川時代の乞食は、いわゆる行乞《ぎょうこつ》の放浪するアウトロウでもなければ、また大道芸人も、幾山河越え去りゆく自由なるジプシーでもなかった。

ここが徳川時代の——あるいは日本独特の——恐ろしさだが、あらゆる階層を権力者の管制機構に組み込んで、それから逸脱することを許さない。

彼らはすべて非人頭の人別帳《にんべつちょう》にのせられ、その指令に服する。いったんこの人別帳にのせられると、原則として子々孫々、普通の市民に帰ることは許されない。末代までも世襲の乞食と定められる。ただし、一方では、この人別帳外の人間が勝手に乞食商売をやることは出来ないという「特権」で保護されているのである。

ヴィクトル・ユゴーの「ノートルダム・ド・パリ」にも、十五世紀のパリにおける乞食王国、いわゆる「奇蹟御殿《クール・デ・ミラクル》」が出て来るが、これは乞食のみならず犯罪者をもふくむ法律の外の闇黒世界であって、政府の統制下に服し、権力者に忠誠をつくすという乞食集団などという例は、日本以外にないのではあるまいか。――そして、それこそ本篇の主題でもある。

だから、いま乞食集団といったけれど、「朝野新聞」の「徳川制度」にいう。――

「非人と云えばあるいは乞食と同じものかの如く想う人もあるべけれど、この両者は全く別種のものなることを記憶せざるべからず。非人は乞食と異なりて世襲の一小社会をなし、頭領あり、支配頭あり、小屋頭ありて、各々その公務を分担す」

さて、その公務とは何か。

それは江戸の町々の清掃であった。家々から出るゴミの運搬、川の掃除、行路病者や水死人や犬猫の屍骸《しがい》のとりかたづけなどが彼らに課せられた仕事だ。

のみならず、さらにいとわしい、余人には叶《かな》わぬ公務がある。

病囚を収容するいわゆる「溜《ため》」の管理、死罪人の刑場への護送、処刑の手伝い、さらに獄門首の番人などだ。

――さて、この非人は世襲だといったが、その通りにはちがいないけれど、世襲のほかに続々と新加入して来るむれがあった。

その大半は、怠惰《たいだ》、放埓《ほうらつ》、病気、不具、無能、精薄などで、親、兄弟から見離され、おきまり通り乞食でもやるよりほかはない境涯に堕《お》ちた連中だが、そのほかに刑罪として、「非人手下《てか》」というものがあった。不義密通や心中未遂などの男女は、日本橋に三日間晒《さら》し者になった上、非人の手下《てした》に投げ込まれるのである。

お篠がそれであった。

榎戸主馬から話を聞き、それから特に注意してこの階級の連中を見れば見るほど、哀れを通り越して悲惨の思いが信楽愛四郎の胸を占めた。

これは人間の港大いなる江戸のはらわたであり、下水であり、ごきぶりの巣であった。びっこ、いざり、せむしなどの不具者、白痴やきちがいはもとより、癩病患者《かったいぼう》さえウヨウヨしているのだ。

それにしても、この世界にあのお民のような娘が生まれるとは？

「いや、先日も申した通り、非人の娘に美女が多いのは不思議でござるが、それにしてもあれは特別です」

と、榎戸はいった。

「まったく掃きだめに咲いた花と申そうか。文字通り、掃きだめの鶴でござるな」

また、あの世界に、お篠のような女を投げ込むとは？

「あれはもう救いようはないのか」

と、愛四郎は切なそうな眼で聞いた。

「公然とはね」

同心は首をかしげてから答えた。

「何せ、刑罰として非人に下されたのでござるから。――しかし、裏はあります。俗にいう足洗い。――」

「それはなんだ」

「また、貰い返しとも申すが、生まれついての非人は別といたして、新しく非人に下された者はまたもとの身分に返ることが出来る法があるのでござる。ただし、それには馬鹿にならぬ金が要るようでござるが」

三

非人から普通の市民に返してもらうには、奇妙な儀式を行う。

まず町家の良民を三人ほど頼み、また下着をふくめて衣服を二組、その他大盥《おおだらい》二つ、手桶、鍋《なべ》、剃刀、櫛《くし》、油、元結《もとゆい》、履物などことごとく新しいものを用意する。

さて、その町民に頼み、救い出したい人間のいる非人小屋から五間ほど離れた地面に塩花をまいて、そこに荒薦《あらごも》を敷く。切火を打って新しい薪《まき》で大鍋で湯を沸かし、荒薦の上においた盥でその人間を町家の者が洗う。二つの盥で二度までも洗う。そこで着物をつけて塩をふりかけ、用意の剃刀、櫛、油、元結などで髪を結《ゆ》う。それからまた二枚目の着物を着て、はじめて立ち上る。これでその人間はやっと普通の市民に戻れるのである。

かくて立ち去ってゆく新・町人を、いままで手下としてこきつかっていた非人たちは、土下座してお見送りをする。——

「それが、その小屋頭だけでも百両は要り申す」

と、榎戸主馬はいった。

「別に、非人頭の車善七にも百両」

「………」

「その小屋にいる非人仲間それぞれに付渡り、また貰い返しを頼む町人たちにも謝礼、さらに今申した通りの衣服、諸道具を新しくあつらえる費用。……まず、四、五百両は要ると考えていただかなくてはならぬ」

愛四郎は絶句した。江戸城に勤務しているとはいえ、百俵や百五十俵の貧しい刈谷や自分には、四、五百両はおろか、四、五十両も調達出来るめどは全然ない。

「そうまでして、あの女を救う必要がありますかな。だいいち救い出してもどうしようもないではありませんか」

と、榎戸主馬はいって、うす笑いした。

「へたをすると第二のおこよ源三郎になる。——そもそも、刈谷さんにそんな気はなさそうですぜ、いつぞやの逃げっぷりを見ると」

おこよ源三郎とは、ずいぶん昔の話になるが、七百石の旗本座光寺源三郎なるものが非人の小屋頭の娘おこよに惚れたあまり、その身分を隠して妻に迎えたことが発覚し、家は改易《かいえき》身は死罪となったと伝えられ、芝居にもなった事件だ。

愛四郎は苦笑し、沈黙し、腕組みをして榎戸と別れた。

それから、約半年。——将軍はずっと京にあって国事に悩み、それにまたのしかかるように苦しめる公卿《くぎよう》や薩長の悪辣《あくらつ》な策謀の情報が江戸城を悲憤させ、切歯扼腕《せつしやくわん》すること火番頭の愛四郎も掃除頭の刈谷も人後におちなかったが、一方では愛四郎は眼を依然として非人のむれからそらすことが出来なかった。

江戸の町のいたるところ、ザンギリ頭の——非人の男は、頭分《かしらぶん》をのぞいてはぜんぶザンギリ頭をしていることになっていた——ぼろぼろの着物を着て、「右や左の旦那さま。……」と哀れな声をふりしぼっている非人、牢死や刑死の屍体をもっこでかついでトボトボと歩かされている影のような非人、両ひざに馬の沓《くつ》をあて、手に下駄をはいて往来を歩いているいざりの非人。

気がつくと、このむれが実に江戸におびただしいのに驚かされる。

彼らも夜になると、それぞれの小屋に帰ってゆくのだ。そして、一軒あたり九尺二間、すなわち三坪の掘立小屋で、男女いりまじって、腐って捨てられた魚みたいになって眠る。――その中のどこかに、あの女たちもいるのだ。……

半年で、たまりかねて愛四郎は刈谷鶏之介にまた話を持ち出した。

「例の非人になった女だがな、あれをもういちど救ってやる気はないか」

「ええ、まだそんなことをいっているのか」

鶏之介は大喝《たいかつ》した。

「売女《ばいた》どころの騒ぎではない。幕府がゆらいでおるのだぞ！」

いかにも、その通りだ。この男は、いちどは不覚にも捨てた女への憐憫《れんびん》の意志をもたらしたものの、あのとき以来、断乎《だんこ》としてそんなめめしい思いを克服したらしい。

「申しわけない」

愛四郎は毒気をぬかれ、へどもどしていった。

「実はそのことについては、言われるまでもなく遠からずわれわれは重大な決意をしなければならぬ時が来るだろう。それにつけても、妙に気にかかることは、今のうちに片づけておきたいと思ってなあ」

「気にかかる？　おぬしは何もあの女のことなど関係ないではないか。かりに救ってやって、どうしようというのだ」

「どうしようというつもりもない。ただ、ふつうの町の女に返してやりたいだけだ」

愛四郎は元気をとり戻し、熱心にいった。

「刈谷、いつぞやの光景を見ておぬしが腹をたてたのも無理はないが、しかしあの女があぁいう風になったというのも、おぬし自身がいったように、おぬしに幾分かの罪がないでもない。その罪をあがなうために、あの女の足を非人の世界から洗ってやれ」

刈谷鶏之介は苦笑した。

「そういわれるとおれも挨拶に困るが……正直なところ、金がないのだ」

彼もいつか愛四郎から貰い返しの話はきいていたのである。愛四郎はいった。

「足洗い金のことでおれも腕組みしているよりほかはなかったのだが、こうしていては埒《らち》があかぬ。もういちど榎戸に頼んで見ようと思う」

「榎戸に、どう頼むのだ」

「町奉行所同心なら、何とかうまい話を考えてくれるのではないか。いや、おれが話して見る」

愛四郎はまた出かけていって、榎戸主馬に相談した。熱情的な愛四郎に対して榎戸は甚《はなは》だ気乗薄であった。それどころか、

「忌憚《きたん》なく言えば、拙者は反対です。いつぞや申しあげた通り、いったん非人に落ちた女を救いあげても何にもならぬという理由のほかに、法として非人手下の刑に処したものを、法の執行者たる拙者がそれを崩すような扱いをするのはどうかと存ずるから」

とさえ、いった。また彼は、このごろ御用盗と称して江戸を騒がせている薩摩浪人及びその一味の検挙に忙殺されていて、それどころではないともいった。

しかし彼はまた呆《あき》れたように、

「それにしても、あなたはまったく物好きなお方でござるな」

と、しげしげと愛四郎を眺め、結局、

「そうは申すものの、これであなたがすっぱり手を引かれるとも思われぬ。それでは、せっかくの御熱心でござるから、一応、車善七にかけ合って見ましょう」

と、引受けてくれた。

数日後、榎戸が愛四郎のところへやって来た。

「拙者知り合いの非人小屋頭、からじゃけの太郎吉と申すやつを介して善七を打診したのでご

ざるが——お篠の足を洗わせることに異存はない。ただし、足洗い金のことは権現さま以来の非人の掟《おきて》ゆえこれはまげられぬ。そこでその金子《きんす》は、可笑《おか》しいようだが善七の方で御用立ていたしましょう。それはあるとき払いの催促《さいそく》なしということでようござるが、借主は刈谷鶏之介さま信楽愛四郎さまのお二人、保証人は榎戸主馬さま、そして貰い返しの節には、そこらの町衆ではなく御三人さまがお立ち合い下さいますように。以上の条件御承知なら、よろこんで仰せに従いましょう。――こう、車善七は申すのでござる」

愛四郎が呼んで、そこには刈谷鶏之介も来ていたが、聞いて憮然《ぶぜん》としていった。

「天下の直参《じきさん》が、非人から金を借りるのか、ばかな！　そうまでして――」

「おぬし、どう思う？」

愛四郎は榎戸の顔を見た。榎戸主馬もにが虫をかみつぶしたような表情をしていたが、返事は案外であった。

「あるとき払いの催促なし、と証文に明記させればよろしかろう。それはともかく、この善七の言い分を聞いて、拙者としては乗ってもよい心境になりました」

「何やら、無礼ではないか」

と、刈谷がいった。榎戸はうなずいた。

「左様です。いや、拙者ははじめにお断わりしておいた通り、非人専門の同心ではござらぬが、信楽さまのおかげでこのごろはからずも彼らの生活、行状を以前より気をつけて観察するにつけ、いささか感ずるところが生じました。いちど善七にもとくと会って見たいものでござる。いや、善七の家は外から眺めたことはある。善七そのものにも牢屋敷や小塚原《こつかつぱら》で逢ったこともある。しかし、善七の家で善七と会うのはこれがはじめてで、その興味もあります」

四

よくも悪くも、そこらの旗本より剛直に見えて、それだけ筋目にこだわる刈谷鶏之介はなおしぶった。それを、ともかくあの女を非人から救うのが何より大事だと愛四郎が説き、途中で待ち合わせて榎戸主馬とともに、三人で浅草に出かけたのは夏の終りの夕方であった。

さすがに新しい女衣裳や盥などは用意しなかった。榎戸はちょっと考えて、

「汚《けが》れを浄《きよ》めるのはこちらのことでござるから、こちらがかまわなければまあよろしかろう」

といった。

汚れを浄める——と榎戸はいったが、この暑いのに、刈谷は頭巾をかぶっている。どうしたのだときくと、「汚れをふせぐのだ」と彼はにがにがしげに答えた。

車善七は妙なところに住んでいた。吉原《よしわら》の裏側なのである。

浅草の山谷堀に沿う日本堤から編笠茶屋を通って下りてゆくと、いちめんの田畑だ。南に寛永寺の伽藍《がらん》が浮かんで見えるが、ちょうどその田圃《たんぼ》のまんなかあたりに千坪あまりの土地があって、そこに大きな、粗末だが頑丈な、格子だらけの二棟の長屋のようなものが建てられている。これが「浅草溜《ため》」である。「溜」は伝馬町牢屋敷から送られて来た病囚の収容所であった。監獄病院というとまだ聞えがいい。ここの構造は全然牢屋敷と同じであって、しかも病囚を治療するところというより、実は引導《いんどう》の渡し場所であった。ただちがうところは、ここを管理しているのが非人頭の車善七であり、働いているのがその配下の非人たちであるということだ。

この「溜」の傍を通るとき、愛四郎は自分も頭巾で顔を覆えばよかったと思ったほどであった。一帯に名状しがたい悪臭が漂っていたからだ。

「溜」から西へ折れてゆくと、吉原のおはぐろどぶの裏側に出る。そこに非人村があった。

――

つまり、当時は寛永寺と吉原の間は、ただいちめんの田畑であって、ちょうどまんなかに「溜」があることになり、お陀仏《だぶつ》にちかい病囚たちの収容された「溜」から南を見ると東叡山寛永寺、北を望むと不夜城の吉原というわけで、宗教の大本山と死臭漂う病獄と酒池肉林の歓楽郷の三つを一直線に相つらねて設置したところ、江戸の都市計画者は皮肉というべきか、無神経というべきか。

さて、吉原のすぐ裏側にある非人村だが、ここに江戸の非人頭車善七が住んでいた。非人小屋の大集落は珍しい。江戸のあちこちに非人小屋はある。おそらく二百個所前後はあるだろう。しかしその多くは数戸ないし十数戸のかたまりであって、ここのように数百もかたまっているところはない。——

「溜」で働く非人たちは、ここから毎日出張するのである。実は江戸の初期には、病囚はこの非人村に託せられたものであって、その後、病囚のふえるに従って、べつに分離して近くにいまの「溜」が設けられたのである。

非人村の小屋は、いずれも方々で見る非人小屋と同じ粗末なものであったが、その中の迷路のような細い路をゆくと、忽然《こつぜん》として宏壮な一大建築に出会した。——というのは大袈裟《おおげさ》で、まわりが非人小屋ばかりだからそう見えたのかも知れないが、しかし一般の町家にくらべてもたしかに大きい方で、使ってある材木もふとい。——これが車善七の居宅であった。

いや、その建物へゆきつく前に、信楽愛四郎たちは異様なものに注意を奪われていた。道の両側にずらりと並んで坐った男たちが——百数人はいるだろう——順々に平伏してゆくのである。前にもいったように、非人の男はみなザンギリ頭だが、この連中はみんなちゃんと髷《まげ》を結《ゆ》っている。ただその髪を結ぶ元結《もとゆい》が、一般市民の白元結とちがって、みな黒色なのが奇妙であった。

あとで知ったことだが、この男たちは江戸中の非人小屋の小屋頭たちであって、小屋頭にかぎって結髪を許され、ただし一般市民と区別するため黒元結を使うことを命じられていたのである。

愛四郎はそれよりも、もっと不思議な錯覚にとらえられた。彼らはむろんそんな元結を使っているし、裃《かみしも》などつけてはいないし、だいいち背景に天地の相違があるのに、なぜか江戸城で諸大名が波のようにひれ伏してゆく光景が頭に浮かんで来たのである。おそらく、それほど彼らの挙止は典雅であったということだ。

やがて三人は、頭の善七に会った。

その善七を見て、愛四郎は心中にまたあっとさけんだ。

年は四十くらいだろう。思いがけずこの非人頭は気品のある顔をしていた。——というより、愛四郎が驚いたのは、その面長の容貌が、なんとあまりにもいまの上様慶喜《よしのぶ》公に似ていることであった。

ただし、江戸城に仕える愛四郎にしても、つらつら将軍さまの顔を見たことはなく、何かのはずみで遠くからかいま見たことがある程度で、これは推量に過ぎないが、慶喜公はこの善七のような、どこか皮肉な、不敵な眼を持っていられないように思う。——もっとも、これはあとになってだんだん気がついて来たことではある。

「これは、いやしきところにわざわざお運びで、恐れいってござりまする」

さすがに非人村の慶喜公は、三人の前に平伏した。

そこは普通の町家にはない三十帖もある広間で、ここにも数十人の人間がいながれて、同様に平伏したが、その中に一群の女がいて、顔をあげた一人を見て、愛四郎はまばたきした。それはいつか見た鳥追いのお民――善七の娘にまぎれもなかったが、これが愛四郎を見て、例の愛くるしい顔でにいっといたずらっぽく笑いかけたのみならず、片眼さえつぶって見せたのだ。

もう一人、当のお篠はいるか、と見まわすと、いる。――女たちの末座にひとりまだ手をつかえ、顔を伏せている。それはいつぞや折助に売色しようとしていた女と同一とは信じられない、まるで武家の侍女さながらのつつましやかな姿であった。

「結構な住まいじゃな」

と、榎戸がしげしげと座敷を眺めながらいった。彼もはじめてここへ入るといったが、その眼に驚異の光がある。実際この非人頭の座敷や調度は古びてはいるが、そこらのちょっとした富裕な町人の家より絢爛《けんらん》といっていい香が漂い、そこに侍る女たちも優雅ですらあった。諸道具にはすべて源氏車の定紋が打ってある。

「権現さま以来の御恩のおかげでござりまする」

落着きはらって、車善七は答えた。

「指折り数えれば、わたしで十六代で。——」

——初代車善七は、常陸《ひたち》の雄藩佐竹家の重臣、車丹波守猛虎《くるまたんばのかみたけとら》の子であるとも、弟であるともいわれる。

車丹波守は石田三成と結び、関ケ原の役において主家の佐竹を西軍に加担させ、敗れたのちも執拗に徳川家に抗したために捕えられて磔《はりつけ》になった。その子あるいは弟の善七郎はなお復讐を誓い、しばしば鉄砲などで家康を狙ったが、これまた捕えられた。しかし家康はその不敵な面だましいを惜しみ、あえて処刑せず解き放った。

ここにおいて車善七郎は、「しからばお志ゆえ生きながらえますが、敵に捕えられて恩を受けたとあってはもはや人界に面《つら》をさらすこと辛《つろ》うござるゆえ、願わくば——」といって、江戸の乞食の大将になることを請うたという。

爾来《じらい》、車善七は、代々その名とともに非人の頭としての身分をついで三百年を経たのであった。

これを名門といっていいか、乞食の名門というのは可笑しいか。観念的にはともかく、現実にこの豪奢《ごうしゃ》とも評すべきたたずまいを見ては、なみの旗本なども及ばない名門だと感じないわけにはゆかなかった。

まさに「名門」の容貌を持った善七はいった。

「御身分あるお方さまがたのせっかくの御光来、馳走《ちそう》も用意してござりますゆえ、お許し下さるならば、なにとぞごゆるりと。——」

「いや、長居は出来ぬ」

榎戸はわれに返り、露骨に眉をしかめて首をふった。

「単刀直入にいうが、あの女、早速もらえるか」

「もちろん、足洗い金さえ下されまするなら」

「その金が。——」

「それは御返事申しあげた通り、こちらで御用立ていたしまするが——これ、お宝を持って来い——いや、その前に」

と、車善七は刈谷鶏之介に眼を移した。

「そのお方さまは、なぜ頭巾をおとりにならぬのでござりまするか」

刈谷はここに入って坐っても頭巾をかぶり、周囲の光景が視界に入るのもけがらわしいもののように眼さえとじたままであった。それとも、お篠を見るのがつらかったのか。

「いかにもここは非人の巣、お歴々さまからどのようなあなどりを受けてもいたしかたないところでござりまする」

と、善七はいった。声はおだやかであった。

「が、私どもいやしき乞食の儀に相違はござりませぬが、お城にお仕えあそばす天下のお武家さまをここへお呼びつけいたしたのは――ふ、ふ、お宝の御威光」

声がやや変った。

「そのお宝に対して御無礼はなりますまい。頭巾をおとり下されませ」

刈谷鶏之介は驚いたように眼をあけたが、しかしまだ頭巾はとらなかった。

「おい、取れ」

と、愛四郎はいった。

「善七の申すことは尤《もっと》もだ」

刈谷がやっと頭巾をとると、改めて善七は金を持って来ることを命じた。

運ばれて来た金は、切餅が二十個ばかり――愛四郎などにははじめて見る、うずたかいまでの量であった。

「これをこちらからそちらに御用立ていたし、それから私がまた頂戴するということになりますが、そのお芝居をやりますまえに、かんじんのお篠でござりまするが」

と、善七は顔をそちらに向けて、

「お篠、よいのう?」

と、いった。お篠は顔をあげた。

「その御返事はもうお頭に申しあげました」

「それは聞いたが、やはりおれのいう通りにせえ」

「そうお頭にいわれますと、お篠はもう言葉がございませぬ」

「しかし、もういちどここでおまえの本心の返事を聞く気になった」

「それでは、言葉でなくて——御返事申しあげてもようございますか」

善七はけげんな顔をした。

「ほ？　言葉でない返事？　まあ、何でもやって見るがいい」

「ばらの花之丞、来て」

と、お篠は呼んだ。

呼ばれて、男たちの中から、一人の男がふらふら立ちあがった。これはさっきから目立っていた少年だ。何しろ、前髪立ちに大振袖、紫ぼかしの袴《はかま》という姿だから。——ただし武家の若衆というより大道芸の芸人じみていて、ただ顔だけは夢幻的な美貌の持主であった。もっと正確にいうと、白痴美だ。

「ここへ来て、袴をといて、坐って」

お篠は命じた。

少年がその通りにすると、お篠はいざり寄り、白い手を動かしてその股間から何やらつかみ出した。それは、愛四郎たちにはあっと声を出さずにはいられないような大男根であった。

ばらの花之丞――そのあでやかな姿にふさわしく名も美しい。しかしこれは漢字で書くと馬羅の花之丞と書くので、こういう名をつけたとは非人の中にも学者があったものだ。彼はまさに大道芸人だが、べつに手品とか剣のあやとりみたいな芸があるわけではなく、ただその艶姿で客を呼ぶだけの存在で、とはいえ、時と場合では、この姿に似げない大馬羅を代は見てのお帰りとする。

いま、その大馬羅をお篠は繊手でもてあそび――衆人環視の中で――はては凄艶《せいえん》な顔を近づけていよいよ偉容を増したそのものを舌で愛撫《あいぶ》し、はてはのどまでふくんだ。それが、何もしないときは優婉としか見えない女だから、この見せ物には、非人たちでさえしーんと静まり返って、声もなかった。ばらの花之丞は快美のためにのけぞり返っている。

「……ぶ、無礼だっ」

これまで一語も口をきかなかった刈谷鶏之介が、発狂したような叫びをあげて立ちあがった。

「帰る」

唾《つば》をごっくりのんで、愛四郎も、万事休す、と思った。彼は、言葉ではない返事をする、といった女の真意を知った。彼女は、これでもわたしを救うつもりか、と返事したのである。なんと、この女は、非人の世界から救われる意志のないことを、重ねて、こんどは決定的な演技を以て示したのであった。

愛四郎も榎戸主馬も立ちあがった。

「善七」

と、榎戸がいった。

「うぬは、おれたちをからかうために呼んだのか」

「滅相な」

車善七は首をふった。

「まったくお篠はお返しするつもりだったんで――ここにいたいというお篠に、いや足を洗えと強くいいきかせたのでござんすよ」

彼は、もうその座敷を出かかっている刈谷のうしろ姿に眼をやっていった。

「が、あのお武家さまを――あれがお篠の元の御主人さまでござんしょう――拝見して、急にまたもういちどお篠に聞く気になったのがまちがいのもとで、まさかこんなまねをやろうたあ。……しかし、何ともおあいにくさまで」

信楽愛四郎は、蒼い顔をしていた。まったく自分が要らぬことをしたお節介者であったと知ったが、彼はほかの二人ほど腹を立ててはいなかった。ただお篠があんなふるまいまでして外界と縁を断《た》とうとしたことには衝撃を受けた。自暴自棄の行為とは、もう思えない。あの女に、あんなことをさせてまでひきとめる魔力が、たしかにこの世界にはあるのだ。……

外に出ると、道の両側に土下座している非人頭たちが、また波のように平伏してゆく。——

「旦那さま」

すぐうしろで呼ばれた。ふりかえると——お民だ。

「すみませんでした」

彼女はお辞儀をした。

「お篠を——いいえ、あたいたちをかんにんして下さいな」

さっき片眼をつぶって見せた娘とは別人のような——涙がいっぱいの眼を、愛四郎は茫然《ぼうぜん》と眺めた。

五

十日ばかり後の非番の日、愛四郎は八丁堀の榎戸主馬のところへ、先日、自分が主馬の気の進まないことをやらせ、恥をかかせる始末になったことを改めてわびにいった。

「なに、お気にせらるるな」

といった。榎戸は冷たい笑いを浮かべた。

「車善七め、拙者を見そこなったようです。非人担当の同心ではないので、榎戸という人間をよく知らなかったと見える」

愛四郎はうす気味悪いものを感じた。

「いや、おぬしが怒るのも無理はないが、しかし善七そのものは、はじめからわれわれを嘲弄《ちようろう》する悪意はなかったのではないか。わしは、そう見たが」

「ともあれ、きゃつの暮らしぶり、はじめて拙者も見る機会を得て、参考になりました。非人頭が裕福であることは以前より耳にしており、げんに向うから切餅を積んで見せたのでもわかり申すが、その後、いろいろ調べて見ると。——」

非人頭車善七の収入は驚くべきものがあった。

「溜」の管理費、火罪、磔、獄門の処刑に際しての手当が公儀から下されるのはもとよりであるが、ただ労働の日当ばかりでなく、例えば処刑に要するさまざまな材料、すなわち番小屋とか板、釘、莚《むしろ》、縄、桶、砂、薪《まき》、鋸《のこぎり》、鍬《くわ》などの費用を少くとも三倍に見積って申請し、それをふところに入れてしまう。

それから、配下各地区の支配頭から毎月冥《みよう》加《が》金をとりたてる。支配頭はまたその下の各小屋頭から冥加金を出させ、小屋頭はさらに小屋の非人たちからお貰いの儲けをピンハネするのだが、とにかく江戸じゅうの非人が現在で一万八千百五十五人、小屋頭だけでも百九十六人いるのだから、乞食代もばかにはならない。――

「こういうところは、茶や生花の家元と同じからくりでござるな」

と、榎戸は痛烈に苦笑した。

のみならず、さらに日勧進《ひかんじん》と称し、八百八町のあらゆる店から一日一文の銭をとる。その代りに門々に、「車善七」と書いて大きな黒い判を押した「仕切札」というものを貼りつけるのだが、この魔除け札が貼ってないと、配下の非人を毎日押しかけさせていやがらせをやる。かったい坊を店先に大の字になってひっくり返らせたり、蛇をなげ込んだり、ひたいに三角の紙をつけて亡者の恰好で店先に立っていたり。――

その他、女には門付けなどをやらせ、密淫売をさせ、相手次第ではそれをたねにゆすりをかける。新非人の貰い返しに巨額の金をとるなどは過日来見た通りの次第だ。――

「拙者の勘定によれば」

と、自他ともに認める能吏の榎戸は、帳面と筆まで持ち出して、いちいち数字を書きあげて示した。

「善七の収入《みいり》は、なんと四千五百石の旗本衆に匹敵するものでござる」

「ほう」

先日のことでも驚いていたが、そういわれて愛四郎は改めて呆《あき》れないわけにはゆかなかった。

「このあいだ、善七の家で非人らの行儀作法を見られたな。あの中には、家老、用人と称する者さえあるそうで。……そのうち大奥を作るかも知れぬ。いや、冗談ではない」

榎戸はきびしい顔つきになっていた。

「きゃつら、このごろ図に乗っておるようです。長い間、まったく人間外の世界として、大目に見るどころか目を離して見逃しておったせいでござろう。われら公儀の者の怠慢と申してもよい。……先日の件も、いまあなたは善七にはじめから嘲弄の気はなかったのではないかといわれたが、しかしあの物々しい出迎えぶりは決してわれらに敬意を表してではなく、お城勤めの武士や奉行所の同心が、非人を貰い返しにやって来ると知って、ことさら勢威を張って見せたものでしょうし、結局女を返さなかったのも、刈谷さまの頭巾が気にくわなくて、途中で風向きをかえたようでもある。これらを無礼と感じないほどきゃつらつけ上っておるでござる」

鉄鋲《てつびょう》を打つような同心の口調に、愛四郎はいよいよ不安をおぼえた。

「それにしても、哀れなやつらだ。あれくらいのことは捨てておいてやれ」

「そうはなりませぬ。——それればかりか、きゃつらの実状、調べれば調べるほど捨てておけぬことが多々あることを発見いたした。例えば、このごろお膝下を悩ましておる御用盗一味の浮浪人ども、根源は薩摩屋敷ですが、それが市中を徘徊《はいかい》するとき非人に身をやつしておる例が少くないごとき」

「ほ？」

「それらが、さらに非人どもを煽動《せんどう》したらいかが相成る。……世に旗本八万騎と申すが、その実態はお目見《めみえ》以下の御家人を加えても二万内外、これに対して非人もそれに近い数でござるぞ。いわば、非人八万騎と申してもよい」

「非人八万騎。──」

笑いかけた愛四郎の表情をこわばらせたほど榎戸は峻烈《しゆんれつ》な眼でいった。

「それやこれやで、このごろ御公儀をないがしろにいたすやからが多い。それらに対して御威光を示すためにも、この際非人どもに一鞭《ひとむち》くれてやることを、このほどお奉行に進言いたした」

愛四郎は、この男が身分低い同心ながら、かつて町奉行の推薦を受けたほどの実力を認められている人間であることを思い出した。

「見ておられえ、榎戸主馬みずから指揮をとって、非人どもを締めあげて御覧にいれる」

そして彼はまたうす笑いを浮かべた。

「榎戸をなめやがったな。車善七、いまに思い知るだろうぜ」

この同心の言葉の方が、彼の本心をずばりと現わしているかも知れなかった。

自分が見込んだ男だが、それだけにこれは、その気になれば対象物にとってこの上ない恐ろしい検察官だ。——自分のお節介によって、あの非人たちはえらい目に遭うことになる。愛四郎の悔いはこれで繰返されることになったが、しかし彼はそれをとめることは出来なかった。江戸城火番の彼に、町奉行の非人取締りに口を出す権限はなかった。愛四郎はただ沈黙して、暗然たる眼で、鋼鉄のような同心の顔を眺めた。

秋から榎戸の言葉は実現された。

非人頭車善七の統制に服しているといっても、元来が乞食の集団である。どうせろくでもないやつが多いし、やけくそになっているやつもある。ひっくくろうと思えば、どうにでもひっくくれる。まして、榎戸が指摘したように、非人の世界は一種の治外法権になっていて、しかも彼らは横着になっていたこともたしかなのだ。

まるで雨あがりのなめくじの大群の上を、車輪が通るようなものであった。実際に、いたるところ血さえながれた。哀れなことに、ちょうど武士は町人を斬捨御免《きりすてごめん》にしても許されると同様に、町人が非人を殴り殺しても罪にはならないという不文律《ふぶんりつ》さえあったのだ。ましてやこれは、非人たちを戦慄させ、慴伏《しょうふく》させる目的で、奉行所みずから乗り出した大弾圧であった。

そして当の非人頭車善七も、非人の家に長押《なげし》、天井、襖《ふすま》などは相成らずという条目にそむいたものとして、その家をとりこぼたれ、一般の非人並みに小屋住いすることを命じられた。

そういう話を耳にし、また現実にときどき鞭打たれ、追いたてられる影のような非人のむれを眼にしながら、信楽愛四郎はいかんともすることが出来なかった。実は、彼は、それどころではなかった。

彼ばかりではない。江戸城の雰囲気は急速に険悪の度を深めていた。上方《かみがた》で将軍がいよいよ薩長の策謀に追いつめられ、将軍辞職を奏請するまでの窮地におちいり、またお膝下でも薩摩屋敷の息のかかった浮浪人どもの跳梁《ちょうりょう》がさらに傍若無人《ぼうじゃくぶじん》となって来るにつれてである。

「薩摩討つべし！」

「長州討つべし！」

議論は熱狂的になり、城には殺気が横溢《おういつ》した。

過激派小栗上野介に心酔する刈谷など、その声の最も高い一人であった。愛四郎の悲憤も、だれにも劣らなかった。十二月に入って、刈谷は一度ならず眼を血走らせ、「信楽、上方へゆこう、もはや江戸城で掃除などしてはおられぬ。侍ならば、行動すべきは今だ」とささやき、愛四郎も一時はそのつもりになったほどである。

ところが、あわやというところで愛四郎の足を封殺する事件が勃発《ぼっぱつ》した。十二月二十三日未明、二の丸の「奥」から出火したのである。これはいよいよ図に乗った薩摩浪人たちが大胆にも江戸城に潜入して放火したものであった。そして、激怒した幕府は、十二月二十五日、三田の薩摩屋敷を砲撃するに至った。

火は火を呼び、ついに翌年一月三日、鳥羽伏見《とばふしみ》で公然と幕府と薩長は戦端をひらくことになる。そして幕軍は敗れ、大坂にあった将軍慶喜も船で江戸に逃げ帰って来た。

六

まったく想像を絶する世の急変であった。

二の丸が炎上したとき、防火に出動した信楽愛四郎は、死を決したほどであった。彼は表火《おもてひの》番頭《ばんがしら》であり、二の丸の「奥」の出火に責任はなかったが、そんなことは考えない愛四郎であった。その彼を、いっとき生の世界へひき戻したのは、急遽《きゅうきょ》登城した勝安房《かつあわ》だ。

「おまえが火番頭かい」

朝、灰燼《かいじん》に灰と煤《すす》と泥によごれて立っている愛四郎のところへ、つかつかとやって来たこの御家人上りの陸軍総裁はいった。

「腹を切っちゃあいけないぜ。おまえの責任でもないが、かりにそうであったとしても、これからのこともある。徳川の侍であるかぎり、将軍さまのお城をこれ以上燃やしちゃあいけない。それがおまえの務めだよ。どうもこのところのぼせあがっているやつばかりだから、特に一言、釘をさしておく」

伝法《でんぽう》口調ではあったが、この言葉は愛四郎に、釘どころか、鉄槌《てっつい》のような影響を与えた。

「徳川の侍であるかぎり、将軍さまのお城を燃やしてはいけない。――」

彼はつぶやきつづけた。やがてその将軍が江戸城に帰ってから、この信念はいよいよ確固としたものになった。

二月に入って、思いつめた顔で刈谷鶏之介がやって来た。

「信楽、甲府へゆこう」

「甲府へ？　上様がこの城におわすのに？」

「恐れながら、上様はもういかん。いくさをやる気はまったくあらせられぬ。一方薩長の方ではいよいよ東海道東山道を攻め下って来るらしい。それを迎え撃たないで、どこに徳川の侍の面目がある？　例の新選組《しんせんぐみ》の近藤らが甲州口に陣を張るそうだ。前からおれはそれに参加することを考えていたが、掃除頭が一人いっても足軽に毛のはえたような働きしかさせてくれんだろうと思い直していたのだ。そこに、天来の妙案を思いついた。一軍の将として、兵を率いてゆく。――」

「おぬしが、一軍の兵を？　そんなものがどこにある？」

「先日来、例の同心榎戸主馬と計画していたことだ。非人だ」

「非人。――」

愛四郎は眼をむいた。一息ついて、

「ばかな！」

「いや、非人どもとて、銃を持たせれば馬鹿にはならぬ。銃は小栗さまから出してもらえる見込だ。江戸にいる非人は約二万、旗本の数にも匹敵すると榎戸は申しておった。その話をしに、例の浅草の車善七のところへゆこうと思うのだが、おぬしも同行してもらった方が都合がよいと榎戸はいう。――」

「いや、ばかなというのは、非人が役に立つか立たぬかということではない。それ以前に、われら三人があそこへいって物を頼んで、果して向うが聞いてくれるか、それはいつぞやのていたらくから自明の理ではないか」

「あれか」

刈谷鶏之介は顔をひきゆがめた。

「しかし、あれはあれだけのことじゃ。お篠の仕打ちはおれにあてつけのことだが、あれで気がすんだろうし、あとで恥じて悔いたかも知れぬ。とにかくもはや一人の女の小さな恨みなどにかかずらっている事態ではない。問題の次元がちがう。おれも二度とあのような無礼なまねは許さぬ」

刈谷は断乎としていった。しかしその相貌《そうぼう》は武士的というより、ひどく人間の感情に鈍感なものに見えた。

「だいいち非人どもは、あれ以来の取締りに戦慄しておる。わしがゆけば、みな怖気《おぞけ》をふるってひれ伏すにきまっておる、と榎戸はいっておる」

「――せっかくだが、刈谷、わしはそんな血迷った計画には不賛成だ」

「血迷った？　およそ武士が考えられる手段を尽して戦うのが血迷った行為か。信楽、おぬしは臆病風に吹かれたのか」

「そうではない、わしは、江戸城火番として――」

みなまでいわせず、

「よいか、信楽、十二日の朝四ツ（十時）車善七の小屋だ」

叱咤《しった》して、刈谷鶏之介はそそくさと立ち去った。

そのときは二人は知らず、また城中のほとんどの者が知らなかったが、その十二日の午前六時、将軍慶喜は江戸城から上野寛永寺に移ることになった。急遽、かつ隠密裡《おんみつり》に決まったことで、もとより官軍に対して抵抗の意志のないことをあらわすためであった。

そのため、ふだんの将軍お成りとは打って変ってひそやかな行装で、城から見送る家臣も少数であったが、嗚咽《おえつ》の声が夜明前の江戸城にながれた。

駕籠《かご》が動き出してから、将軍がふと何かいった。廻りの者がざわめいて、一人、さけんだ。

「火番頭はおるか、お召しであるぞ。——」

その駕籠も見えないあたりで平伏して泣いていた愛四郎は、呼ばれて、仰天して飛んで来た。

「火番頭か。おまえに特に頼んでおきたいことがある」

駕籠の戸を少しあけさせて、将軍はいった。

「これより、逆上して城に火をかけようとする乱心者が出ぬともかぎらぬ。いま、このとき、万一江戸城が焼けんか、わしの苦衷《くちゆう》はすべて水の泡となる。それどころか江戸の町ことごとく滅ぶきっかけにもなりかねぬ。——よいか、この城を焼いてならぬぞ。しかと火の番をして、清掃して、官軍に引き渡すよう、くれぐれも頼みいるぞよ」

信楽愛四郎は冷たい大地に這《は》いつくばっていた。

将軍は去った。——しかし彼がお目見《めみえ》以下の火番などに声をかけたのははじめてのことだが、それもこの際特に注意を与えたのは、よほどこのことが気にかかったのであろう。

愛四郎は刈谷を探したが、刈谷鶏之介はお見送りさえもしていないらしかった。

七

夜があけて、将軍出発後の波が静まってから、彼は浅草の車善七のところへ出かけた。

刈谷の勤めに従ってではなく、それを制止するためであった。彼は涙をながしつづけていた。

上様は、火の番のみならず、城を清掃して敵を迎えろと仰せられた。このお言葉を刈谷に伝えて、あのたわけた企図をやめさせなければならぬ。非人のためのみならず、刈谷のためにも。

制止するまでもなかった。愛四郎が非人村に着いたのは、刈谷鶏之介と榎戸主馬が着いてから三十分ばかりたってのことであったらしいが——いつか見た場所と同じところに、三坪くらいの小屋をたてて、空地になったところに二人は非人たちのむれと向い合い、朝霧の中に異様な沈黙が凝固《ぎょうこ》していた。そしてそこで、愛四郎は来るまで想像もしなかった光景を見ることになったのである。

「お、やはり来てくれたか」

刈谷が気がついてふりむいて、援軍を得ように、

「信楽、大義をこの非人どもに説いてやってくれ。徳川三百年の恩義を。——」

と、いうと同時に、帛《きぬ》を裂くような女のさけびが起った。

「助けておくんなさい、旦那！　このひとたち、あたいたちにいくさにゆけってんですよ！なんてとんまだろ、非人に鉄砲持たせてどうしようってんの？」

「口をきくな、お民、恐れ多い。——」

と、ひくくそばの車善七が叱った。

車善七を中心に十数人の非人たちが地べたに坐って、両手をついていた。あとで知ったところによると、刈谷と榎戸がやって来て御用命を伝えたとき、善七は「恐れいってございまする」といったきり、非人たちは頭を垂れたまま、みな一語も発せず黙りこんでいたのであった。

「いいえ、あの旦那は、話がわかる。あたいだけにはわかるのよ」

と、お民はさけんだ。

「いままでのなりゆきは知らぬが。――」

と、愛四郎はいい出した。

「刈谷、わしは止めに来たのだ。いま、おぬしは徳川三百年の恩義といったが、われわれが、この者どもにそのような恩を口にする権利はない。――」

「そんなことをいいに来たのか！」

刈谷は勃然《ぼつぜん》とした。

「いや、そればかりではない。――」

愛四郎は、将軍の言葉を――江戸城を焼かず、きれいに護《まも》って敵に渡せという下知《げじ》を伝えた。

そして、自分たちの義務は、妄動《もうどう》することにあらず、ただそれにあるといった。

「たわけ、のめのめと敵に城を明け渡せだと？　なにが十五代さまだ。火の用心だけをいって、御自分は逃げ出していったと？　徳川武士の面よごし、これに過ぎたるはない！　焼け、信楽、火番のおぬしみずから、江戸城に火をつけて敵を迎えろ！」

彼は狂ったように絶叫し、

「いや、うぬごときとはもう口をきかぬ。――お篠、さっきからそこにおってなぜ黙っておる？　おまえもおれのところに奉公しておった者とあれば、おれの頼みの尤《もつと》も千万なこと、わからぬはずはあるまい。元主人が来て、かくも頼んでおるというに、何とか言え！」

と、足踏み鳴らした。刈谷と榎戸は仁王立ちのままであった。

お篠は非人のむれの中にいた。彼女は両手をつかえたままであった。その顔をしずかにあげ、善七の方へ向けると、

「言葉でなくて、返事してよろしゅうございますか、お頭さま？」

と、いった。

善七は黙っていたが、彼女は立ちあがって、こちらにしとやかに歩いて来た。刈谷の前で、背を向けて、前かがみになった。次の瞬間、くるっときものの裾をまくった。

「あっ、こやつ。――」

刈谷鶏之介は飛びのき、満面を朱に染めた。

「ぶ、無礼なやつ――斬ってくれる！」

わめいて、大刀のつかに手をかけた。愛四郎が駈けつけるより早く、お篠はそのままの姿勢で、いよいよ刈谷の前にむき出しになったものをつきつけた。早春の朝霧の中に、そのまるい肉は濡れたようにつやつやと白くひかった。

愛四郎の足はとまった。美しい非人の女のこの凄絶《せいぜつ》な「返事」に金縛りになったのだが、当の刈谷鶏之介も完全に圧倒されて、顔を赤くしたり蒼くしたりしているばかりであった。講武所でも知られた腕は、刀のつかをつかんだままワナワナとふるえて、そのたくましい全身を恐怖が彩《いろど》った。

「よし」

声を出したのは榎戸主馬であった。

「刀もけがれる。参ろう、刈谷どの」

声がしゃがれているのは、さっきから口をきわめて説いたせいではなかった。彼ははじめに善七に用命を伝えたきり、非人たちをじいっとにらみつけているばかりで、これまで黙りつづけていたのであった。しかし、この鬼同心の沈黙こそ世にも恐るべきものに相違なかった。

「うぬら。——」

やっと口を切って、彼は宣言した。

「ここを逃げるなよ。逃げようとしたって、逃がしはしねえぜ。相手がこの榎戸だということを、よくおぼえておけよ」

そして彼は、刈谷の袖をつかむようにして、そこを立ち去りかけた。——

すると、そのゆくてから、一人の非人がのっそりと立ちあがって来て、その前に立ちふさがった。髯《ひげ》と体毛に覆われた、雲つくような大男だ。

「からじゃけの太郎吉だな」

見あげ、榎戸があごをしゃくった。

「そこどけ。どかねえか！」

「お帰りでござんすか」

と、からじゃけの太郎吉という小屋頭はうっそりといった。

「長い間、いろいろ御厄介になりやしたが、当分この姿でお逢いすることは出来ますめえから、お別れの御挨拶までに申しやす」

「なに？」

さすがに榎戸主馬も狐につままれたような顔をした。太郎吉は、にたっと厚い唇で笑った。

「おいはな、ほんとうは薩州浪人伊集院半次郎と申すものでごわす。そのうちもとの姿でお目にかかることでごわしょうが」

榎戸は口をアングリあけて棒立ちになっていたが、やがてのどの奥で奇妙な声をもらし、そのまま一語ももらさず、そそくさと歩き出した。肩をいからせてはいたが、足がもつれるのが見えた。あわてて刈谷鶏之介もこれまた思考力を失ったような表情でそのあとを追う。

愛四郎も愕然《がくぜん》としてその男を見つめていたが、そのうち、その非人に身をやつしていた薩摩浪人が海坊主みたいにふるえ出したのに気がついた。

「がまんしてたが、もういけねえ」

彼はヘナヘナと大地にへたりこんだ。足早に立ち去った榎戸と刈谷の姿はもう消えていたが、追うことも忘れて、呆れたように愛四郎はそこに立って、大息をついている海坊主を眺めていた。

「旦那さま、しゃべりっこなし」

と、耳もとでかぐわしい微風が波をうった。お民がいつのまにかそばに来て立っていた。

「あれ、口から出まかせのでたらめなのよ。からじゃけの太郎吉、死物狂いのお芝居だったのよ。――でも、旦那はあのひとたちにはだまっていて下さるわねえ」

愛四郎は茫然《ぼうぜん》としてお民を見つめた。彼女は薔薇《ばら》みたいに顔を赤くして、けらけらと笑いつづけていた。

「さっきはどうもありがとう。旦那のおいでになったのは、やっぱりあたいの思ってた通りでしたね。そのお礼になどといったらばちがあたりますけど、いくさごっこでないかぎり、旦那、あたいたちを使って下さいな。もし、非人がお役に立つことがあったなら。――」

そして彼女は、帯のあいだから一枚の紙をとり出した。

「もし、あたいたちに御用があるときは、旦那さまのお家の門口に、これを貼り出しておくんなさいまし」

それは、「車善七」の仕切札であった。

八

信楽愛四郎には現実の世界とは思われなかった。悪い夢を見ているのではないかと思われた。

――あれ以来の江戸城の様相にである。

将軍が出ていってから、その留守居として一応田安納言があてられたが、これが城にいるわけでもなく、一般の大名や旗本もむろんばったり足を絶《た》ち、それどころか徳川の侍たちは江戸そのものから先を争って地方へ逃げ出してゆく始末だ。とくに官軍が江戸へ向って潮のごとく進んで来るという知らせが伝えられてからはなおさらのことであった。

愛四郎が驚いたのは、その逃亡者の中に刈谷鶏之介がいたことだ。

あの後、愛四郎は二、三度刈谷を城中で見た。刈谷はもう戦争参加のことは口にせず、何やら放心状態であった。それが愛四郎には、徳川家の滅亡などより、あの非人村での事件が——それも非人部隊編制のことより、女に臀《しり》を押しつけられて撃退されたという一事が彼に衝撃を与え、それっきり彼は魂を失ってしまったように見えた。

そのうち、三月に入って、ふっとその姿が見えなくなり、掃除者に聞いてみると、刈谷は江戸から出ていったという。さては、やはり単身でも官軍を迎え撃ちにいったのか、と色めいてなお聞き糺《ただ》すと、彼は老母と家財を大八車にのせて、下男に曳《ひ》かせて下総《しもうさ》の方へ逃げていったという。——

「なに、あの徳川武士の面目だの大義だの叱咤していた刈谷が！」

愛四郎は愕然となり、信じられない眼つきをし、さらには憤然としたが、やがて、

「そうか、あの男までが。……」

というにがいあきらめの感情に変った。刈谷にまけず劣らず絶叫し、大言壮語していた連中が、この土壇場になって続々逃亡してゆくのは連日見ていることだ。

それに抗するように、信楽愛四郎はいよいよふるい立った。まだ寛永寺にひそと謹慎しておわす上様の最後のお頼みに応えるためである。——一見やさしく穏和に見えた彼の意外なばかりの頑固さには、周囲のものみな眼を見張った。

三月五日には、東海道の官軍は駿府《すんぷ》に入ったと伝えられた。

三月六日には、東山道の官軍は甲州勝沼で幕軍の迎撃を潰走《かいそう》させたと伝えられた。

そんな悲報を聞きながら、江戸城を護っている愛四郎は熱鉄をのむ思いであった。江戸城を護るといっても、勇ましく敵から護るのではなく、その敵に無事に明け渡すために、城を火から護っているのである。

当然、心中悶《もだ》える信楽愛四郎を、勝安房がまた励ました。進撃して来る敵との和平交渉に肺肝をしぼりつつ、勝はわずかなひまを盗んで江戸城を見廻りにやって来ていたのだ。

「火番頭、おまえはまだおってくれたか」

勝は笑いかけたが、眼に涙が浮かんでいた。

「勝から礼をいう。繰返すようだが、この城を焼いちゃあ一切御破算になるんだ。また、それを狙ってるやつが敵にも味方にもいるんだ。上様のお首を飛ばすためになあ。——いのちをかけて、火の用心をしてくれよ」

その任務に、愛四郎は耐えた。——耐えようとした。

しかし、現実の困難は、何より恐ろしい人手不足であった。それぞれの役目の武士たちは、それでも五分の一か七分の一、辛うじて城に出て来てはいたが、下級の侍たちは秋風に吹き払われた木の葉みたいにまばらであった。まだ将軍が城のあるじであったころの去年の暮でさえ、浮浪人が潜入して来て火を放つなどという、それ以前には夢にも考えられなかった事態さえ生じていたのだが、それももう城の内部が穴だらけになっていた現われだったのである。

もうこの城に勤務しても、酬《むく》いられるものは何もない。やがて入って来る官軍につかまって首を斬られなかったらめっけものといっていいくらいだ。——気がつくと、火番の役人たちも愛四郎をふくめて六、七人といったていたらくであった。

この人数で、江戸城を火から護るのだ。凶念を抱いて忍び込んで来るかも知れぬやつらから、この城を護るのだ。

三月といえば、いまの暦で四月である。江戸城には蓬々《ほうほう》と草が生いしげりはじめていた。草などあるべきでない場所に、いちめんに、日毎に、とうてい手には負えないほど。——

さて、このころから約二カ月たった閏《うるう》四月のことだ、十三日付の勝安房の手紙がある。

「……往日の大城、今日に到っては野草繁茂し、郭堞落剝《かくちょうらくはく》、郭門《かくもん》は乞丐《きっかい》非人の巣と相変じ」云々《うんぬん》。

その庭の野草や建物の剝落の前兆は、むろんこのころから城を覆いはじめている。そしてまた勝がいった乞丐非人の巣——それは、火番頭の信楽愛四郎が呼んだものであった。

彼としてはやむを得なかったのである。

三月十三日、ついに官軍は江戸郊外に迫って来た。十四日、勝は高輪《たかなわ》で西郷と会見し、江戸城総攻めの中止を請い、西郷はこれを受け入れた。

三月十五日。

この日から、しかし官兵は江戸市内に姿を見せはじめた。攻撃はとりやめたものの、それだけに秩序のない入り方で、統制もなく、おきまり通り、あちこちで掠奪《りゃくだつ》や暴行や強姦《ごうかん》などが行われ出した。

鄭重《ていちょう》な武士の礼を守っての粛然《しゅくぜん》たる城の引渡し。——せめてそれを想定していた信楽愛四郎は当惑した。この状勢では、どこからなんの指令も連絡もなく、ばらばらの官兵がなしくずしに乱入して来るおそれがある。かりに後日、正式の引渡しが行われるにしても、いまの城の荒廃ぶりでは徳川家の侍の名折れだ。いそぎ人手を駆り集め、城を清掃し、一方で乱兵乱民の侵入を防がなくてはならない。——

彼は思い出した。いつかの非人の娘お民の言葉を。——もし非人でお役にたつことがあったら使ってくれ、呼んでくれという言葉を。

そのときはさして意にかけず、まして江戸城に非人を入れるなど想像を絶したことであったが、いま思い出すと、それこそは天の助けであった。もはや事の是非《ぜひ》を思案している事態ではなかった。彼は自分の家の門口に、「車善七」の仕切札を貼り出した。

九

愛四郎の危惧《きぐ》は的中していたのである。

その日が暮れて亥《い》の刻（十時ごろ）、城に残って数少ない火番の配下の一人が息せき切って番所に駈けて来て、外から松明《たいまつ》を持った数名の者が——あきらかに、だんぶくろ姿の兵が入り込んで、極楽門のあたりを歩いていると注進した。

愛四郎は追っ取り刀で駈け出した。駈け出したのは彼一人で、配下たちはすくみ上って追って来る者もなかった。

果せるかな、松明をいくつもふりまわしながら、七、八人の影がやって来た。傍若無人《ぼうじやくぶじん》な声を張りあげながら。——

「おいどもが、江戸城一番乗りっちゅうわけじゃな」

「あしたになれば、もう遅か」

「御金蔵はどッか」

「こら、それよりまず大奥とやらへつれてゆけ、まだ女がおるじゃろが」

それに対して、

「あ、そちらはゆきどまりのはずでござる。たしかこちらが西の丸にゆく中之門で。——」

と、答えている声を聞いて、塀のかげに身をひそめていた愛四郎ははっとした。

その男は先頭に立ち、卑屈に腰をかがめながら歩いて来る。——その前にスルスルと走って愛四郎は立った。

「榎戸、こんどは敵をつれて、非人小屋ならぬ江戸城の案内か」

「あ！」

棒立ちになって、松明に照らされた榎戸の顔がねじくれ、硬直した。

官軍を案内して城に入って来るぐらいだから、いまさら驚くこともあるまいと思われるが、やはりそこに浮かんだのが信楽愛四郎の姿であったことには鞭打たれたと見える。愛四郎がまだここに残っていたのか、という意外さと、それから、何としても禁じ得ない間の悪さと。

——「鬼同心」たる彼は、去年来の自分の薩摩浪人検挙の実績に恐怖して、それを帳消しにするために、まず官軍に媚《こび》を売ろうとしていたのであった。

「し、信楽どの。錦旗には、必謹《ひっきん》すべきだ。このお城はもはや。……」

「公然、引渡すまでは徳川家のものだ。こういう引渡しは許されぬ。犬っ」

愛四郎の抜き打ちに、榎戸は、捕物などにも凄腕《すごうで》をふるったこともあるだろうに、まるで丸太ン棒のように斬り伏せられた。

「こいっ。——」

「官軍に抵抗すッか！」

数瞬立ちすくんでいただんぶくろたちは、いっせいに抜刀して殺到して来た。

一人、逃げざまに斬って、愛四郎はうしろに走った。

「出会え、盗賊だぞ！」

と、さけびながら。——

そして、中之門の蔭に駈け込み、追って来たもう一人を、躍り出して斬って、また身をひるがえそうとした。そのときほかの数人から、頭部や肩に乱刃を浴びせられた。しかし彼は逃れて、石垣の蔭にまた待ち伏せして四人目を斬った。

この人数を相手に、昼間ならば叶《かな》わぬ善戦であったろう。城内の地形がわからぬ夜のことで、官兵たちは狼狽し、狂乱したようにふりまわす松明が自分たちを目標とさせた。彼らは石につまずいたり、塀にぶつかったりした。そこに愛四郎は襲いかかったのである。

闇の向うからまた駈けて来る跫音《あしおと》が聞えた。地鳴りするほどの人数であった。さすがに驕《おご》っていた官兵たちも、これはいかん、と、あわてふためいたのであろう。死傷した友をあとに、まろぶようにもと来た方へ逃げていった。

落ち散らばって、まだ燃えている幾つかの松明の中に愛四郎は倒れていた。

「――あっ、旦那さま！」

この城のこんな場所に、聞えるはずのない女の声がした。絶叫して、しがみついて来たのはお民であった。

愛四郎は眼をあげた。まわりを囲んでいるのは数十人の人影であった。自分の配下がそんなにいるはずはない。しかもなお闇のかなたから、大地をとどろかせて続々と駈け集まって来る。

「旦那さま、車善七の仕切札、見ましたよ。――旦那さまはお城にいられると知って、夜まで待って、いま来たんです。まだ来ます、江戸じゅう、二万の非人たちが――それなのに。――」

お民は泣いた。

「侵入者を防いだ」

と、愛四郎はいって、顔を横にむけた。彼の眼にも、倒れている二つ三つのだんぶくろと血が見えた。しかし彼もまた流血のため、頭がかすんで来るのをおぼえた。

「遅かった！　遅かった！」

お民は白いにぎりこぶしで地べたをたたき、身もだえした。

「いや、おれはお城を官軍に引渡したら、どうせ腹を切って死ぬつもりだった」

愛四郎はつぶやいた。

「しかし……その日まで、城の火の用心をして……きれいにして護るのが、おれの務めだ。善七。——」

呼ばれて、車善七が走り寄って来て、そばにひざまずいた。

「頼む。官軍入城まで、この城を……清掃して……それまでに、無礼な侵入者があったら、どんなことをしても追い出せ。……旗本たちはみな逃げた。頼みは、おまえたちだけだ。た、頼んだぞ。……」

「心得ましたが、旦那。——」

さけんで、腰を浮かした善七の前で——お民の腕の中で、がくりと信楽愛四郎は落ち入った。旗本どもはみな逃げた。頼むは非人、といったときに、にいっと浮かべた笑いを頰に刻んだまま。

凝然《ぎようぜん》と佇《たたず》んだむれへ、はるかまたかなたから、二つ三つ、幟《のぼり》が母衣《ほろ》みたいにきれをひるがえし、ひきずった影が駈け寄って来た。

「お頭！　向うに蔵があって、戸があきっぱなしで、入ってみるてえと、芝居に出て来るような金ピカの衣裳が。——」

髯《ひげ》と垢《あか》の中から歯をむいて笑う非人の中には、もうその豪奢《ごうしや》なきものを自分の襤褸《ぼろ》の上に巻きつけている者もあった。猿みたいに踊っている彼らを、近づいていった車善七は張り倒した。

「非人は泥棒じゃねえ。――やいっ」

と、彼はふりかえって、吼《ほ》えた。

「聞いたか。いまのお武家の最後のお頼みを――」

「承《うけたまわ》りやした。……承りやした！」

非人たちは地のうなるように応えた。すすり泣きの声さえまじっていた。

「お旗本に代って、おれたちが江戸城を護る。火を出すな、泥棒を入れるな。それから――いま、掃除をしろとおっしゃったが、三百年江戸の町を掃除して来たおれたちだ。最後にお城の大掃除をするたあ、この上もない商売冥利《しょうべえ》だぞ。――やるか？」

「へえい！」

「お篠。――」

善七は頭をめぐらした。お篠は目礼した。

「だれか、おめえの元の御主人さまは江戸を逃げていっちまったようだと話していたっけなあ。逃げた掃除頭の御主人に代って、掃除がへただといいがかりをつけられて捨てられたおめえが、江戸城の掃除をする。――やるか？」

「あいよ！」

と、お篠は笑った。

「へたでも、もう非人に捨てられっこなしだ」

そして、この姿態だけは優艶な非人の女は、ぱっと尻っからげして、とり出した紐で、キリキリと襷《たすき》をかけ出した。

十

翌朝、すなわち三月十六日の辰《たつ》の刻（八時ごろ）である。
四、五十人もの錦切れを引率した三人の官軍の隊長が、獅子がしらの毛を逆立てて江戸城におしかけて来た。
――正式の江戸城引渡しは、四月に入ってから東海道先鋒《せんぽう》総督の入城を待って行われることになっていたが、昨夜、味方の官兵数人がすでに城内に入って殺害されたという報告で、そやつらの軍律違反はともあれ、この際城方の抵抗を黙認しては官軍の威令にかかわるとして、下手人を引渡せと横ぐるまを押しに来たものであった。

それでも残っていた門番に、そのむね傲然《ごうぜん》といいわたしたが、四半刻たっても何の返事もなく、ついに彼らは怒号《どごう》しはじめた。

「では、お申し入れにより、異例ではござるが開門つかまつる」

と、やっと伝えられた。

それから大手門が重々しくひらかれ出した。

そっくり返っていた三人の隊長は、一歩入ってあっとさけんだ。

もう桜のある季節に入っていて、城の中には淡雪のように白いものが舞っている。それも江戸城の運命の象徴と見えるはずなのが――こはいかに、そこからはるかかなたまで、広場から石段、開いた門をうずめて、波濤《はとう》のようにひれ伏しているのは、何百、何千とも知れぬ裃《かみしも》姿の侍どもであった。

官兵たちは息をのんだ。江戸城はほとんど無人に近いと聞いていたからだ。では、これは旗本か。四散したといわれる旗本八万騎が、いつの間にか帰って来ていたのか。――裃どころではない。その向うには大紋烏帽子《えぼし》の一群もずらっといながれているし、さらにその向うには、おすべらかしに金銀の刺繡《ぬいとり》をした裲襠《うちかけ》すがたの大奥風の女人たちも控えている。

――徳川最盛期の柳営の儀式もこれほどのことはめったにあるまいと見える威儀であり、壮観であった。

「しーっ」

どこかで警蹕《けいひつ》の声がながれた。

ずっと遠くから、一団の人影が進んで来た。

一番先は黒羽二重に仙台平《せんだいひら》の袴《はかま》をスラリとつけて、紫の羽織の紐を結んだ四十ばかりの――明らかに貴人で、そのうしろに花のように美しい小姓が帛紗《ふくさ》で佩刀《はいとう》を捧げ、そのうしろに雲つくような豪傑風の家臣が白馬の手綱をひいて歩いて来る。そのまたうしろには、おすべらかしに裲襠をひいた、かがやくような美女が二人、サヤサヤときぬずれの音もすずしく蓮歩を運んで来る。

――はて、これは何ごとじゃ？

――いったい、あれはだれじゃ？

――将軍はたしか上野に蟄居《ちつきょ》しておるはずじゃが？

三人の隊長は、ぎょっとしてしゃぐまの毛をゆすって顔見合わせた。こんな出迎えを受けようとはびっくり仰天であった。いや、江戸城にいまこのような絢爛《けんらん》の絵巻が残っていようとは空想もしていなかった！

貴人たちは近づいて来た。両側の烏帽子や裃が、波のようにひれ伏してゆく。――

「……慶喜公じゃ！」

ついに、隊長の一人が、飛び出すような眼をしてうめいた。彼は上方で、いちど京から大坂へ向う十五代さまをかいま見たことがあるのであった。

「薩州の者よな」

将軍は気高い無表情で、しかし朗々たる音声で呼びかけた。

「登城大儀である」

「——へへっ」

なんたることか、隊長たちはわれ知らず、べたべたと大地に膝をついている。徳川討つべし賊魁《ぞっかい》慶喜、葵《あおい》よ枯れよ敗将慶喜と雄たけびつつ東海道から江戸へ乗り込んだ彼らのはずであったがほとんど反射的にひざまずいたのは、雲はるか将軍と成り上りの田舎侍という三百年の天地の観念からであった。隊長たちは土下座してしまったから、部下の官兵たちも、あっとさけびつつみなひれ伏してしまった。

「ただいまより、吹上の庭にて、この江戸城を天朝に奉還《ほうかん》いたしまいらせる儀を行う。——」

と、おごそかに、悲壮に、将軍はいった。

「何とぞ天朝の勅使として御参列下さるべし。草莽《そうもう》の微臣慶喜みずから御案内いたす。いざ、参られよ」

「た、た、た」

隊長の一人は意味不明の怪声を発し、一人は不安げにキョロキョロとあたりを見まわし、もう一人は数瞬後、はね上った。

「そ、その儀は、いずれ——改めて御挨拶を——ものども、引揚げろっ」

彼が泡を吹きながら、門の外へ逃げ出すと、あとの二人も、だんぶくろたちも、雪崩《なだれ》を打って大手橋を逃げ出していった。

「はて？　面妖《めんよう》な芋ざむらいどもよな」

と、あと見送って、思い入れよろしく、将軍はつぶやいた。花吹雪の中に、まだやめられないと見えた。

「右や左の旦那さま。……」

と、将軍は左右を見まわした。

「と、いいたくなるような眺めであるな。なんじら、捨てたものではないぞ」

数百数千の裃姿が雲も鳴りどよむばかりどっと哄笑《こうしよう》した。烏帽子がころがりおちて、ザンギリ頭がのぞいたやつもある。哄笑の中から、白馬をひいたから、、じ、ゃ、け、の太郎吉が銅鑼《どら》のように吼えた。

「お頭こそ。——ようよう、おれたちの将軍さま！　江戸城をついで、たしかに十六代目！」

四月十一日、東海道先鋒総督橋本実梁《さねやな》卿が正式に江戸城を引渡されたはずなのだが、それから一ト月以上もたって、なお例の「往日の大城、郭門は乞丐《きつかい》非人の巣穴」云々の勝の記録があるる。そのあたりは縹渺《ひょうびょう》としていて、よくわからない。

首

一

——それは、映画の高速度撮影のような光景であった。
色彩はというと、薄墨《うすずみ》色の空と水を背景に、ただ白と朱のみである。白いのは雪であった。明方からふり出した雪は、いまはまったく地をうずめ、なお幾千万の鵞毛《がもう》のように舞いつづけている。
朱は、血だ。三人の男が、ノロノロと、その雪の中をあるいてゆく。前にふたり——ややおくれて、ひとり。それが、酔っぱらいか大病人のような緩慢《かんまん》な動作であるいてゆくのだが、いずれも全身、蘇芳《すおう》をあびたように真っ赤だった。
前のふたりは、もつれるようにして、まわらぬ舌でうたっている。
「子房未だ虎嘯《こしよう》せず
産を破って家を為さず
滄海《そうかい》に壮士を得
秦《しん》を椎《つい》す博浪沙……」
そのひとり、馬乗袴《ばかま》もズタズタに裂《さ》け、皮胴をつけた男は、血まみれの刀をかついでいた。

その刀のさきには、一つの生首がつき刺されていた。四十五、六の、顎《あご》と顴骨《けんこつ》の張った傲岸《ごうがん》そのもののような面体《めんてい》だ。首をおとされるとき、鬢《びん》のあたりにも一撃二撃うけたとみえ、満面を覆《おお》う血泥のなかに、眼だけが白くひかって、かっとむき出されていた。

ふたりの男は、濠《ごう》にそうて日比谷《ひびや》御門にちかづいた。濠の反対側は毛利家表門の長屋になっている。そのとき、うしろから追っていたもうひとりの男が、つんのめるような姿勢で接近した。これまた左腕を斬りおとされ、裂けた笠《かさ》の下から血みどろの眼球《がんきゅう》がひとつたれ下がっていたが、一方の腕にさげてまがった刀身を、いきなり首をかついだ男の後頭部にあびせかけた。

雪で跫音《あしおと》はきこえなかったし、先をゆく男たちも、それに、ふたりとも、大事をなしとげた歓喜に酩酊《めいてい》しているようであった。

ふいの襲撃に、首をかついだ男がのけぞりかえると、もう一方の男が、獣のような声をあげて、襲撃者の胴に斬りこんだ。斬ったものも斬られたものも、三人とも地にころがった。

赤い虫みたいな三人を雪がウッスラ覆おうとして、さきのふたりがまたヨロヨロと立ちあがった。そして、さっきとおなじ足どりであるき出した。いまの死闘などなかったもののように、かすかに、うれしげに、もつれる舌で詩をつづける。

「滄海に壮士を得
秦を椎す博浪沙……」

日比谷御門から馬場先《ばばさき》御門へ――その近くまできて、一方がしずかにのめり伏した。さっき襲撃者を斬った男だ。彼がたおれたのも気づかぬ風でさきによろめいてゆく仲間を、血にふさがった眼で見おくって、彼はニヤリと笑うと、刀を裂けた袖《そで》でくるんで、そのまえからすでに臓腑《ぞうふ》のたれさがっていたじぶんの腹に刺しこんだ。

皮胴の男は、依然として首を刺した刀をかついだまま、フラフラとあるいてゆく。口の中で「愉快、愉快」と、つぶやきつづけている。その後頭部から、血の糸を背後の白雪へひきながら。……

辰ノ口まできて、不死身とみえた彼もついに巨木をたおすように地に伏した。彼は這《は》いまわって、落ちた首をさがすと、刀をぬきとった。首を雪の中へ安置すると、それに礼拝するようにしばらくつッ伏していた。が、やがて最後の死力をふりしぼって、刀をとりあげ、坐りなおし、ブツリと腹につき立てた。臍《ほぞ》の上を四寸ばかり右へひいて、上へ一寸はねあげたものの、そこで力がつきたとみえ、ガクリと前へ伏したが、まだ死にきれぬとみえて、背をヒクヒクと波うたせつつ、

「だれか……介錯《かいしゃく》、たのむ、介錯……」

とうめいていたが、やがてその声も絶え、背の肉もうごかなくなった。

そのからだと、傍に安置された首に、雪はなお音もなくふりつづき、埋めてゆく。安政七年

三月三日の雪が。——

二

外桜田《さくらだ》の屋敷から出たばかりの行列を、十八人の浪士に襲われて、算をみだして或《ある》いはたおれ、或いはにげかえった井伊家の侍たちが、やがておしかえしてきたときには、駕籠《かご》脇にはただ首のない主人の屍骸《しがい》が横たわっているだけであった。

彼らは雪の中を狂奔《きょうほん》して、毛利家の長屋下にたおれている従士のひとり小河原秀之丞《おがわらひでのじょう》の酸鼻な姿を見つけ出し、その最後の言葉から馬場先門のまえで絶命している若い浪士を発見した。これはのちに水戸藩士広岡子之次郎《ねのじろう》とわかった。それからさらに、辰ノ口で屠腹《とふく》している皮胴の武士をさがしてあてた。これものちに、薩摩藩士有村次左衛門《じざえもん》とわかった。

——しかし、主人の首はどこにもなかった。

井伊家の公用人宇津木六之丞《うつきろくのじょう》は狼狽《ろうばい》し、困惑して、ひとまず公儀に左の届け書をした。

「今朝登城《とじょう》がけ、外桜田御門松平大隅守《おおすみのかみ》門前より上杉弾正大弼《だんじょうだいひつ》辻番所までのあいだにて、狼《ろう》藉者《ぜきもの》鉄砲うちかけ、およそ二十人あまり抜きつれ、駕籠をめがけて切りこみ候につき、供方の者ども防戦いたし、狼藉者一人うちとめ、その余手傷深手等負わせ候につき、ことごとく逃げ去り申し候。拙者《せっしゃ》儀、捕りおさえ方指揮いたし候ところ怪我いたし候につき、ひとまず帰宅いたし候。もっとも供方の手負死人、別紙のとおりに御座候。この段届け申し達し候。以上。

三月三日

井伊《いい》掃部頭《かもんのかみ》」

三

桜田門《さくらだもん》外で、井伊家の家来五、六十人と浪士十八人が卍巴《まんじどもえ》と血戦し、たがいにおびただしい死傷者を出したうえに、時の大老が殺されたというのに、その首をもった浪士のひとりが、和田倉《わだくら》門の前までよろめきつつあるいていったのを、ほかにだれも見ていたものがなかったとは、いかに敵味方がのぼせあがり、狼狽《ろうばい》していたかがわかるし、また当時のこの界隈《かいわい》がいかに森閑《しんかん》としていたかも想像されるが、それにしてもやはりこれは、その朝の雪――すべてを真っ白にけぶらせ、あらゆる物音を消す大雪が、その理由の大半をなしていたことと思われる。

その雪の中を、蛇ノ目をさしたひとりの武士が神田橋の方から辰ノ口へ入ってきて、うつ伏せにたおれている屍体を発見した。桜田とは反対の方角だから、むろんその騒動のことは知らない風だが、さすがにギョッとしたようだ。はじめ屍体とはしらず、手をかけて物凄《ものすご》い死顔をのぞきこみ、「わっ」とさけんで立ちあがったが、その拍子に、こんどは傍のなかば雪にうずまった生首に気がついて、金縛りになってしまった。

「こりゃ……」

と、息をひいたまま二、三度ノッペリした顔をこすったのは、雪をはらうためばかりではなく、その首に見おぼえがあったとみえる。武士なら、当然のことだ。

瘧《おこり》みたいにふるえる手で、それを羽織につつみ、抱きあげて立ちあがったとき、ゆくての遠藤但馬守《たじまのかみ》の辻番所から二、三人とび出して、こちらを指さしているのがみえた。侍はその方へ走ってゆきかけたが、急にはっと立ちどまると、なに思ったかあわててクルリと背をみせて、ころがるように逃げ出した。それとみて、辻番所の方の人数は、雪けむりをあげてかけてくる。

侍はいよいよ狼狽し、横ッとびに伝奏屋敷の方へまがり、さらに、大名小路に逃げこんでいった。こけつまろびつ走って、ヒョイと気がつくと、場所はちがうが、なんともとの濠端《ほりばた》に出ている。あわててひきかえしかけたが、そこが彼のかえるべき屋敷だったので、夢中でその門の方へかけこんだ。そのとき、ちらっと和田倉門の方をふりかえってみたら、さっきの屍体のまわりを二、三人とりかこんで、何やらさけんでいる。いま彼を追っかけてきた連中にちがいないが、そこであの屍体を発見して、追うことをやめたものとみえた。

「おい、政蔵、政蔵」

と、彼がふるえる声で呼ぶと、横の潜り戸がそっとひらいて、

「これは銀之助さま、えらいお早い朝帰りで……」

と、門番が入れてくれた。まだ外のさわぎは知らないとみえる。

伊勢国長島藩二万石、増山河内守《かわちのかみ》の屋敷であった。いま帰ってきたのは、その国家老《くにがろう》の甥《おい》にあたる鶴見銀之助という若侍だ。実は、この銀之助がたいへんな道楽者で、尊王佐幕論《そんのうさばく》に熱狂している武士が多い半面、極端に堕落した侍が、それよりはるかに多かった時世で、彼もそのひとりだが、家老の甥の顔をきかせて、ちょいちょい屋敷をぬけ出してどこかにゆき、朝になってそっとかえってくる。

さっき彼が首をとどけようとして、あわてて逃走したのは、じぶんがその時刻、そんなところをうろついていることがばれたら、とんだことになると気がついたからで、追われたとなると、いっそうその首を放り出せなくなったのだ。

足をガクガクさせながら、屋敷の中へ入ってゆこうとして、

「ええ、銀之助さま……」

門番に呼びとめられた。ギョッとしてふりむいたが、ふいに気がついて、

「ああそうか。忘れておった。そらよ」

と、片手をふところにつッこんで、小粒をわたした。朝帰りに門をあけてくれる礼だ。門番

はニヤニヤして、

「みれば何やら重そうな……花魁《おいらん》から、どんなお土産《みやげ》をいただいておいでなさいましたえ?」

「土産? あ! これか」

銀之助は放心状態の眼を、小わきにかかえこんだ羽織の包みにおとしたが、

「これは、その、天下の秘宝じゃ……」

といって、西御長屋の方へにげるようにゆきかけた。軽口のうまい男だが、その場合は軽口ではなかった。

大名の屋敷は、本邸をとりまいて、勤番侍《きんばんざむらい》の住む四方長屋が、ぐるっととりまいている。その西御長屋に、その朝はやくから、容易ならぬ事件が起きていた。

夜明けとともに、各長屋の幾たりかの住人は、名を呼ばれて起された。「土屋おるか、ちょっと話がある」「成瀬、お家の大事じゃすぐ出てくれ」「町田、西御長屋の漆戸小伝次《うるしどこでんじ》のところへきてもらいたい」といった具合である。呼び起されたものは二十人内外であったが、ねぼけ眼《まなこ》をこすって、まず大雪におどろき、つぎにみんな西御長屋の漆戸小伝次のところにあつまって、それ以上にはっとした。お互いに、この屋敷で勤皇論《きんのう》をとなえていた連中ばかりだったからだ。気がついてみると、ぐるっとまわりをとりまいているのは、漆戸小伝次をはじめとして、やはり二十人ばかり、これがいずれも頑固な保守派を標榜《ひょうぼう》する面々であった。

——さっと、異様な緊張が一同の面上を吹いた。

「なんだ、なんの用だ」

と土屋がさけんだ。

長島藩は小藩だが、京にちかく、また近来株のあがった伊勢国の一画をしめる。尊王論が起ってもふしぎはないが、しかしここ一、二年ちょっと毒気をぬかれた態であった。というのは、おとどし井伊直弼《なおすけ》が大老に就任してから、たちまち例の大獄を設けて反幕府派に猛烈な弾圧をくわえはじめたからだ。もともと尊王というより革新派、革新派というより不平党、不平党というよりお先ばしりのオッチョコチョイの分子が大半であったということは、道楽者の鶴見銀之助がけっこうこの派の旗ふりのひとりであったことからも、わかる。その程度であったから、井伊の赤面《あかづら》にたちまちシュンとちぢみあがってしまったが、それでもまだいくぶんか蠢動《しゅんどう》がつづいていたのは、信念のせいではなく、藩主の増山河内守が、ときどき大老に皮肉の口吻《こうふん》をもらすからだ。むろん侍臣にむかってだけの蔭弁慶だが、もともと、よきにはからえ型の、天下の政治には大して興味のなさそうな殿さまなのに、それだけに意志強烈な大老とは肌が合わないらしい。——で、長島藩、内部でちょっともめている。

といって、このところ、別にこれという事件もなかったのに、

「早朝、われわれを呼びつけてなんだというのだ」

成瀬某の声がふるえているのは、とりまいているのが、単なる事なかれ主義の保守派でなく、剛直をもって鳴る粒ぞろいの信念派であることを見てとったからだ。

「きのどくだが、みな腹をきってもらいたい」

と、漆戸がいった。

「な、何、腹をきれ？」

「されば、昨夜、お留守居役の長坂どのから承って驚愕《きようがく》いたしたのだ。一昨日、殿には殿中で御大老から釘を打たれなされたという。——」

「釘？」

「御藩のうちに、徳川家に弓をひく虫ケラどもがわいているそうだが、愚か者どものために大切な御家をつぶしなさるなよ——と」

革新派は蒼《あお》くなった。徳川家によからぬとみれば、御三家たる水戸、尾張に対してすら、蟄《ちっ》居《きょ》、或いは隠居の処断を下した井伊直弼だ。たかが二万石の長島藩のごとき、その気になれば指頭でひとひねりであろうし、また充分やりかねない人物であることは、だれしもみとめるところであった。

「そればかりではない。そのとき殿にくわえられた御大老の雑言《ぞうごん》は、辛辣《しんらつ》、酷烈、その座に於いて殿は眼まいを起され、御帰邸後も声をあげて泣かれたと申す。それを承って、われわれ一同も男泣きに泣いたぞ」

　漆戸小伝次が涙をおしぬぐうと、保守派のあいだからいっせいに鼻みずをすする声が起った。

「土屋、町田、腹切れっ」

「君辱《はずか》しめらるれば臣死すという。みんな腹切れっ」

「ましてや、きさまらのために、捨ておかば御家の大事となりかねぬのだ。腹切れ、腹切れっ」

　嵐のような怒号のなかに、町田某はワナワナふるえながら、

「これははじめて承る。まことにおどろき入った話だが、しかしわれわれはすでに前々からふかく身をつつしんでおる」

「そ、そうだ、われわれは一時迷うたとは申せ、その後心から懺悔《ざんげ》いたしたのだ。それは各々《おのおの》に認めてもらいたい……」

　これに対する返事は冷酷なものだった。

「それはわれわれよりも井伊家にきいた方がよかろう」

「井伊家?」

「さればだ、わが藩中に虫ケラがおることをつきとめたのは、おそらく御大老の手から放たれた隠密の仕事でなくて何であろうぞ。すでに密偵が眼をひからせておる上は、わが藩の命脈は、

その手にあるといわなければならぬ」

「一昨日わが殿が御警告をおうけあそばしたということは貴公らの謹慎とやらが、まだ御公儀に達しておらん証拠だ」

「このうえは当家に二心なき証《あかし》は、一刻もはやく貴公らが自裁してくれることだ」

「御家の大事だ、腹切ってくれ！」

呼び出された連中は、思いがけない重囲におちたことを知った。みんな鮒《ふな》みたいに口をパクパクさせたが、言いかえす言葉は一つもなかった。彼らは土気色の一団になってしまった。

じぶんたちの言葉に、かえって弾劾者《だんがいしゃ》の方が威たけだかに狂い立った。

「時勢は移る——など片腹いたい論議にツベコベ唾《つば》をとばしおって」

「御大老の御鉄槌《てっつい》に腰をぬかしたとて、もうおそいわ。きさまらのような頓狂者《とんきょうもの》に時勢の移り変わりなどわかってたまるか。その時勢の原動力は、みよ、鉄石の御大老ではないか。井伊どのこそ、徳川三百年、不出世の大宰相じゃ」

「いま長島藩も水戸の老公に気息を通じておかねば、あとで悔いの臍《ほぞ》をかむぞ、時代の駕籠《かご》にのりおくれるぞとおどした奴はだれだ」

「あっ、そう申せば、鶴見銀之助の姿が見えないではないか」

ひとりが、呼んだが、いなかった、と報告した。

「何、いない？　さてはきゃつ、また夜遊びに出たな。国元の権威をカサにきて、破目をはずした道楽者めが、そのくせ尊王論が、きいてあきれる。あんな飛びあがり者に音頭とられてさわいだ奴らのあさはかさかげんが、それで思いやられるというものだ。おい、貴公ら、おのれの蒔《ま》いた種を刈れ」

「懺悔したというのが本心ならば、腹切れ、腹切れっ」

そのとき、外から、かすれたような声がきこえた。

「蒔いた種を刈ったひとがここにいる」

「鶴見銀之助！」

一同はふりむいて、おどろいて叫んだ。鶴見銀之助は蒼い顔で入ってきて、上り口にガクリと坐った。それからだまって、羽織でつつんだまるいものをほどいた。生首が一つあらわれた。

ふしぎな沈黙が座におちた。

「御大老の首だ」

元気のない声で銀之助がそういっても、みんなまだ身うごきもしない。脳髄も全筋肉も火にあぶられた蜘蛛《くも》みたいにまるく小さくちぢんでしまったらしい。

「いま……そこのお濠端で拾ったんだ。傍に浪士風の男が、腹を斬って死んでおった。……それでだ、門番の政蔵を外に走らせてみると……ついいましがた桜田御門の外で、御大老の行列が数十人の水戸浪士に襲撃されたという……」

ふいに猛然と土屋が、立ちあがって絶叫した。

「時勢は変わった！」

それにつづいて、狂乱したように仁王立ちになったのは、いままで窮命されていた被告の一同だった。

「ついに水戸がやったか！」

「天誅《てんちゅう》が下ったのだ！」

「これで天下の大勢が変わるぞ！」

原告の方は、茫乎《ぼうこ》として、声もない。——あとで考えれば、どうして銀之助が大老の首をひろってきたのか、いやそれよりもその首を一刻もはやく届け出るべきところへ届けねばならぬと頭をめぐらすのが至当であったが、なにしろ衝撃が大きすぎたし、それにいままでのなりゆきがなりゆきであったから、そのときは尊王派の狂乱ぶりに圧倒されてしまった。

その雰囲気《ふんいき》に、鶴見銀之助は勇気をとりもどした。しようのない道楽者で、オッチョコチョイだが、小才はまわるのである。そッくりかえっていった。

「そうだ、これで時勢は変わる！　むろん、水戸の浪人たちはつかまって処刑されるだろう。しかし大老の首はもうもとにもどらぬ。徳川三百年、天下の大老が白昼浪士のために首をとられたということが曾《かつ》てあったか。ない！　思うにこの首をとったのは、単なる浪士輩ではない、その背後にある天の命《めい》だ！　時代の思想だ！　さっきだれかが、井伊どのこそ不世出、鉄石の大宰相だと申しておった、そのとおりだ！　彼はたしかに巨人だった。かけがえのない大独裁者だった。その巨大な独裁者がいまここにほふられて、時勢が一変せずにいられようか。ここしばらくのあいだに、見ているがいい、きっと水府の老公か或いはその御子たる一橋卿が出ておいであそばすぞ！」

「わが藩の風向きもこれで変わる」

土屋が厳然としていえば、町田も痛烈皮肉な声をとばせて、

「各々方、これがめでたいことと思われぬか。さっき君辱しめらるれば臣死すると誰かぬかしおった。わが君を辱しめたおひとが天誅をうけて、貴公らは快哉《かいさい》をさけぶ気にはならぬのか！」

「い、いや……うれしゅうござる」

と、ひとりが唇をふるわせながらいうと、漆戸小伝次がもっともらしい長嘆息をもらしていった。

「わかっていたのじゃ、こうなることは……あの大獄をつくった人間が、ぶじに往生できようとは、誰しも思っていなかったのじゃ！　あの血に飢えた猛虎のごとき暴断威決、実をいえば、拙者もあのやりかたには眉をひそめておった、反対であった！」

ガヤガヤと共鳴の声が泡《あぶく》のようにわいた。漆戸がその声を制するように、ひときわカン高いのどを張って、

「それでは各々方、殿と天下のため、これより祝盃を――」

といいかけたとき、それよりもっとすッ頓狂なさけびが起った。

「や、や、や、首がないぞ！」

四

大老の首がないので、井伊家はもとより幕府の方でも狼狽《ろうばい》その極に達した。

襲撃した浪士は十八人、そのうち一人は現場で斬死《きりじに》し、四人は重傷のまま附近で自刃《じじん》し、八人はその足で自訴して出たが、あと五人はいずこかへ逃走してしまっていたから、そのうちのだれが首をもっていったのかわからない。また遠藤但馬守の辻番所からの報告によれば、辰ノ口で自決していた浪士のひとり有村次左衛門の傍から、ひとりの男が何やらまるい包みをひろいあげてにげたが、それが大老の首であったかどうかは疑問だし、また蛇ノ目などをさして、その風態に、どうも一味とは思われないふしがあったという。――

翌四日、井伊家では、また掃部頭《かもんのかみ》の名で、頭痛がし且《かつ》傷口がいたむから登城《とじょう》いたしかねるむ

ねの届け書を出し、これに対して将軍家の方では、御小納戸頭取塩谷豊後守《おこなんどとうどりしおのやぶんごのかみ》を上使として井伊家につかわし、見舞いとして朝鮮人蔘《にんじん》をたまわった。

こんなバカげた隠蔽《いんぺい》の小細工をやっても、江戸にはすでに大老が首をとられたという真相はぱっとひろがっていて、「人蔘で首をつげとの御使《おんつかい》」という痛烈な川柳《せんりゅう》が出たのはこのときである。

大独裁者の首はどこへいったのか。

増山河内守の屋敷の西御長屋で、侍たちが泡をふいて議論しているあいだに、入口からそっと入って、上り口においてあった首を盗んでいったのは、門番の政蔵であった。

彼は首の包みを抱いたまま、雪の中を麻布《あざぶ》にはしった。そこには増山家の下屋敷があって、おととい殿中で大老に叱責されたという河内守が、その憂さをはらすべきのうからそこへいっていた。しかし政蔵が河内守に首の報告にいったのではないことは、その河内守がかえってくる行列と、途中でゆきあっても、あわててそれをやりすごしたことからもわかる。

下屋敷につくと、政蔵はすぐに奥に通された。河内守の愛妾《あいしょう》お縫《ぬい》の方の部屋であった。

「政蔵。……なんの用ですか」

お縫の方は、いぶかしそうに老人をふりかえった。そう軽々しくここへ来るべき人間ではなかったからだ。

「お縫さま……。これをごらんなされませ」

政蔵が中風みたいにふるえる手でとり出したものをみて、お縫の方はのどおくで何かさけんで立ちあがった。

「敵《かたき》の首でござる」

「なんとえ?」

「井伊掃部頭の首」

はっと硬直し、異様にひかる眼でこちらを見すえたのに、政蔵も血ばしった歓喜の眼で見あげて、

「けさ、桜田門外で水戸の御浪人のために斬られた首でござります。ここにもってくる途中、雪の中でわしは、なんどこれに唾《つば》をはきかけ、足蹴《あしげ》にしてやりたいと思うたことかしれませぬ。が、……わしよりもまずあなたさまに……思う存分の仕返しをしていただきたいと思うて、このままもって参じました。わしはすぐ御屋敷へかえります。お縫さま……伝八郎さまのにくい敵、どうぞ心ゆくまでなぶって、なぶって、なぶりつくして、あとは犬にでも食わしておやりなされ」

——政蔵が去ってから、お縫はじっと首とむかいあって坐っていた。いつまでも、いつまでも——雪はなお霏々《ひひ》とふりつづき、女と生首の世界を蒼白くつつみ、まぼろしのような時間が

ながれ、そしてそれが翳《かげ》って暗い夜が下りてきた。

彼女の恋人は、この首の男のために殺された。いや、越前藩を脱藩して、革命運動に若々しい情熱をもやしていた志士小城《こしろ》伝八郎をとらえたのは、源次という目明《めあか》しであろう。それを命令したのは、井伊の懐刀《ふところがたな》といわれる長野主膳という怪物であろう。獄中で拷問《ごうもん》死した小城伝八郎の名前など、井伊の記憶にすらなかったかもしれない。しかし、彼を殺したのは、やはりあの大獄をつくり出した井伊直弼そのひとにまちがいはない。彼女はなんども死のうとした。それは周囲にさまたげられて果たせなかったけど、彼女の青春はたしかに死んだ。

お縫は麻布の花屋の娘であった。なにかのはずみで、乗物の中から増山河内守が見初めて、奉公に出せという話はまえからあって、それを伝八郎とよくふたりで笑いあっていたものであったが、伝八郎の死後、それが実現した。生ける屍《しかばね》のような日と、自暴自棄の日を交互にくりかえしているあいだに、運命のくるまは彼女を大名のお部屋さまにおしあげたのだ。本邸の門番にしてやった政蔵は、伝八郎の国元からついてきた下僕であった。

生ける屍。――しかしこの美しさを、伝八郎は知るまい。きらびやかな裲襠《うちかけ》につつまれて、彼女は、ややふとった。そのために皮膚はいよいよ白くつやつやとして、眼も唇もしたたるように濡れひかっていた。けだるいようなふだんのうごきのなかに、男をクラクラさせる生々しさがあった。

が、いま彼女は身じろぎひとつせず、じっと生首を見つめつづけている。雪のふりつむ世界に音はなく、ただ雪洞《ぼんぼり》のみが、じっと吐息のようにときどき鳴った。

傍に、ぬきはなたれたままの懐剣がおいてあった。「唾を吐きかけ、足蹴にし、心ゆくまでなぶりつくしてやれ」と政蔵がいった。それどころか、なんどこの懐剣で、このみるからににくにくしい首の眼をえぐり、鼻をそごうと思ったことであろう。……あの純真で熱情的な恋人は、この男のために若い生命を虫のように断たれた。同時にじぶんの一生も断たれた。いまの生活は、そしてこれからの人生は、緩慢な女の地獄でなくてなんだろう。その運命につき堕《おと》した魔王のようなこの男の首を。——

しかし、彼女には出来なかった。

いつであったか、伝八郎がこの男のことをこういったことがある。「未来永劫《えいごう》、おれにとっては倶《とも》に天を戴《いただ》かないにくい敵だが、あれはえらい奴だ。日本じゅうの志士をほふり去っても、血の海のなかにぬっくと立って眉ひとつうごかさない男、しかもその全責任をおのれ一身にひき受けようと不退転の覚悟をきめている男、あれは恐ろしい、えらい奴だ！」

彼女の手も瞳も、心さえも金しばりにしたのは、生きていたころのこの男の所業や意志よりも、首そのものの面貌《めんぼう》であった。つよく張った頬骨と顎、かっと見ひらいたややつり上りぎみの眼、真一文字にくいしばった唇、無慈悲を超えて、壮絶の感すらあるこの面魂《つらたましい》！

「こんなことがあってよかろうか、あたしはどうしたのだ。あたしは……」

魔睡のように時間がすぎた。しだいにその首は、彼女の官能をおくそこからゆりうごかしてきた。彼女の唇はぬれたままうすくひらかれ、起伏する乳房の内がわから、血の匂いのするあえぎがもれてくるのであった。

もののけが通りすぎたように、灯がくらくなった。

吐気《はきけ》をかんじながら、吸いよせられるように彼女の顔が、首にちかづいた。……かたい冷たい死人の歯が彼女の舌をかんだ。身ぶるいするような恍惚《こうこつ》感が全身をつらぬいた。

「お縫」

ふいに呼ばれて、彼女は、いつのまにか縁側にむいた障子《しょうじ》をあけて、そこにひとりの浪人風の男が立っているのをボンヤリとみた。

酔うたような顔をあげた女に、雪だらけの足も忘れて、かえって彼の方がおどろきの眼を見はっている。

「やっ？」

首をみて、凝然《ぎょうぜん》、その白い顔に、さすがに大きな波がわたって、

「こりゃ、井伊の首じゃあねえか？」

とうめいた。

「けさの桜田の騒動で、江戸はわきかえってら。首がねえので、井伊家の方も町奉行もないない血まなこになっているという噂だが、それがこんなところにあろうたあ、お釈迦《しゃか》さまでも気がつくめえ、おい、どうしてここにあるんだえ？」

「…………」

「お前がこれを欲しがる気持ちはわかるが、それにしてはいま妙なことをしておったな。いったい、何のつもりであんなまねをしていたのだ？」

「…………」

「お縫、啞《おし》になったのか」

耳がないというより、なおからだじゅう麻痺《まひ》したような女の姿を、男はふしぎそうに見まもったが、やがてその眼は首のみにそそがれ、しだいにひかってきた。

「お縫、おれは別れの挨拶にきた」

はじめて、女の顔に感情がながれた。

「なに、たったいま思いついたことだ。ふふん、お前の方がこのごろおれに秋風だってことァ、とっくに承知していたがなあ」

男は、この増山河内守の愛妾の情夫だった。以前は小城伝八郎の同志で、六郷伊織《ろくごういおり》という男だ。考えてみれば、そのころから虚無的で、胡乱《うろん》くさくて、野良犬のようなかんじのする男だったが、それを情夫にしたのは、お縫の、愚鈍《ぐどん》で好色的な河内守への嘲弄《ちょうろう》とこの世への絶望以外のなにものでもなかった。

「お前にみれんはあるが、このごろちょいと首すじが寒いようだ。いや、お前の秋風のせいじゃなく、大名の妾《めかけ》の間夫《まぶ》ってのア、いくらなんでも、首の方がちっと心配だよ。どうせ長つづきしねえうえは、ここらでおさらばした方が、お前もほっとするだろうし、こっちも長生きできるというもんだ。そこで、手切金といいてえが」

伊織は声もなく笑った。

「いや、心配するな、お前から何ももらう気はねえ。その代りこの首をもらってゆく」

あるいてきて、首の髷《まげ》をつかんだ。

「井伊の方じゃあ、まだ掃部頭が生きているようなことをいっているらしい。非業《ひごう》な死に方をしたあとで、跡目《あとめ》相続の届けを出したところで、よくて転封《てんぽう》、わるくゆきゃあ御家断絶は御《ご》定法《じょうほう》だからなあ。いまごろ、伜《せがれ》の跡目相続の用意に大童《おおわらわ》のはずよ。そのためにゃ、どうあっても首を見つけてかくしておかなきゃならねえ。井伊家にとっては、そのためにも千両万両出しても欲しい首よ。……もっとも、こっちも一芝居も二芝居もうたなきゃ、井伊の首といっしょに、こっちの首もいただかれてしまうおそれがあるが」

閾《しきい》のところで、ふりかえった。

「お縫、いままでの馴染甲斐《なじみがい》に、お前のことア口に出さねえ、心配《しんぺえ》するな……あばよ」

夜の雪を遠ざかってゆく跫音《あしおと》を、いちど女は手をのばして追おうとした。が、さすがにそうは出来ないで、はじめて狂おしいばかりに胸を抱いて、ガッバとひれ伏した。

——何かを、からだのなかから、根こそぎもってゆかれたという感じは、あの恋人を捕吏《ほり》にさらわれていったときよりも深かった。

五

大老の死をあくまで強引に秘したのは、井伊家の方で、かならずしも六郷伊織のかんがえたような事情のせいばかりではなかった。むろんそれもあるが、むしろ幕府の方でそれを強いたのである。

七日になって、また御小納戸頭取田沢兵庫頭《ひょうごのかみ》が上使として井伊家につかわされた。

「其方儀容体如何なりやお尋ねなされ、

一、氷砂糖一壺

一、鮮鯛一折

右御使者を以て下され候事」

と、いうのである。

死んだ大老は、氷砂糖をなめ、鯛を食って感涙をながさなければならない。江戸の民衆は笑った。「倹約で枕いらずの御病人」「遺言は尻でなさるや御大病」という川柳がつくられた。首の紛失していることは、誰も知っていたのである。

それでも幕府の方では、大老の死を公表するわけにはゆかなかった。すくなくとも、その首を探し出し、とりかえすまでは、面目にかけても隠しとおさなければならなかった。幕府の大将が、首をとられて、その首が行方不明などという前代未聞の大失態を天下にさらすことはできないと考えたのだ。

――しかも、わずか二年後、井伊家はこのときのなれあいの隠蔽《いんぺい》工作で、おなじ幕府から処罰をうけることになる。「――不慮の死をとげ候にいたり候ても、上聴をあざむきたてまつり候段、追い追い御聴に達し、重々ふとどきに思召《おぼしめ》され候」といって、十万石をけずられたのである。

この世に巨大な悲喜劇の波紋をのこしたまま、その井伊大老の首はどこへ消えたか。いうまでもなく、江戸じゅうの目明しは必死になって追いつづけた。

そのひとり四谷鮫ヶ橋《さめがばし》に住む目明し源次は或る朝起きてみて、雨戸に一枚の大きな紙片が貼られているのを発見した。

「目明し源次。

右の者大逆賊井伊掃部頭の爪牙《そうが》となり、その奸計《かんけい》を相助け、憂国赤心の忠士を苦痛いたさせ、無名の罪を羅織《らしょく》いたし候うえ、非分の黄金をむさぼり、妾をたくわえ、その悪業天地に容るべからず。向後改心いたさざるに於ては必ず天誅《てんちゅう》を加うべく、首は当分あずかり置くもの也。

国中《こくちゅう》浪士」

源次は真っ蒼になって怒り出した。

「野郎！」

むささびの源次といえば、大獄のさい志士捕縛の総参謀長野主膳の手先となり、京の猿《ましら》の文吉とならんで、もっともその凄腕《すごうで》をふるい、江戸の反幕府党をふるえあがらせた男だ。ひたいはせまく、眼は錐《きり》のように小さく冷たくてするどかった。そのかわり下顎骨が発達して、笑うと歯ぐきまでむき出しになった。

その彼に「天誅」を加えたものが、国中浪士でなくて、まず女房のおむらだったから可笑《おか》しい。

「ちょいと、お前さん」

「なんだ！」

「これあ、お前さんのことがかいてあるんだね！」

「そうだ。……ちくしょうめ」

「妾をたくわえ――とかいてあるね」

「何？　あ……てめえ、読めるのか」

「そこだけ読めるのさ。お前さん、オメカケをたくわえてるのかい？」

「と、とんでもねえところだけ読めやがる。馬鹿野郎、みんな嘘ッぱちだよ。……ううむ、このむささびの源次によくこんなまねをしやがったな。どうしてやるか、いまにみていろ。……」

「お前さん、これあほんとだね？」

「うるせえな、嘘だといってるじゃあねえか」

「嘘なら、そんなに蒼くなっておこるわけはないじゃあないか」

「わからねえあまだな、嘘だからおこるんだ。ちくしょう、非分の金もとったとかいてあら。どこに金が……」

「金は、うんといただいたじゃあないか。お前さんはそれをみんなどっかへもっていっちまったけれど……」

「あ、あいつはみんな探索の費用だ。お前《めえ》などの知ったことか！」

「へん、とんだ探索だ。何をさぐっていたんだか……お前さん、あたしゃちゃんと知っているんだよ。ここ一、二年、お金をたんといただくようになってから、お前さんの様子が変わってきたことを——女ができたってことを、女房のあたしが気がつかないでいるとお思いかい？」

「うるせえ、このすべた！　こっちはそれどころじゃあねえ、古女房のヤキモチなどきいてやってるときじゃあねえんだ」

「すべたの女房でわるかったね。でも、女房と名のついたうえは、知らぬは女房ばかりなり、じゃすまされないよ。お前さん、どこに飼ってるのさ、お言い」

「それをきいて、どうしようってんだ？」

むささびの源次ともあろうものが、うっかり女房の誘導訊問にひっかかってしまった。貼紙をみて驚愕《きようがく》し、激怒しているさいだから、突然身内から、そんなへんなことで匕首《あいくち》をつきたてられようとは思いがけなかったので、さすがの彼もシドロモドロになったのだ。

「あっ、それじゃあやっぱりほんとだね、ちくしょう、あたしという女房がいるのに、よくもそんなまねをしやがったな」

さっき源次がうめいたせりふとおなじだが、女房の方はその倍くらい凄《すさま》じい形相になった。

「おむら、ま、待ってくれ！」

悲鳴をあげたがもうおそい。長火鉢の上の湯呑がとんできた。火箸《ひばし》がとんできた。湯のわきたぎった鉄瓶がとんできた。

しばらくののち、むささびの源次は、白けきった土左衛門みたいな顔で、鮫ヶ橋坂をのぼっていった。上司以外、世の中に恐ろしいもののない源次にとって、たったひとり戦慄《せんりつ》すべき存在は女房のおむらだった。鯨の遠吠えみたいな声で泣き伏した女房をあとに、無我夢中でにげ出してきたのだが、これからあとのことを考えただけでウンザリした。

そうだ、これからあと――世の中はどうなるのだろう？　そして、おれは？

日のいろも暗い。三日の大雪ののち、江戸はいつまでも冷たい空がつづいて、左側の紀伊屋敷の土塀のかげにはまだ雪さえのこり、坂路はぬかるんで、彼はなんどもすべって、つんのめりそうになった。あたたかいところをもとめて、足は自然に妾宅の方へむかっていたが、いつしか頭はあの貼紙のことでいっぱいになっていた。

さっきはかっとなって怒ったが、いまになって、その恐ろしさがゾクゾクと背にせまってきたのだ。このたぐいの脅迫はいままでに何度かないでもなかったが、彼にとってこんな恐怖ははじめてだった。――二年後、彼をつかった長野主膳、宇津木六之丞、或いは彼の好敵手京の目明し猿《ましら》の文吉など、大獄に関係したものが片っぱしから殺されたのだから、彼の予感は決して荒唐無稽《こうとうむけい》なものとはいえなかった。

「井伊の殿さまが亡くなられた！」

その思いが、背骨をつらぬいた。

むろん、あの騒動をきいたときはとびあがっておどろいた。しかし、つぎに源次を炎のようにつつんできたのは、不逞《ふてい》な浪人たちに対する怒りであった。それ以来、彼は逆上したようになって、逃走した暗殺者たちと、紛失した首を追いつづけてきたのだ。しかし。——いま、やっと、その事件の恐ろしさより、事件のあとの恐ろしさが全身をつつんできたのである。何か、じぶんの踏んでいた地面がくずれ去ったような、いや、じぶんの首そのもののなくなってしまったような。

——ふと、そのとき彼は、右手の寺のなかへ、だれか入ってゆく影を見とめた。鮫ヶ橋から安珍坂へかかったところだ。それは妙行寺という小さな寺だったが、そこに入っていったうしろ姿に彼は眼をひからせた。

まえから、水戸の浪人と関係があるらしいとホシをつけていた六郷伊織という浪人だ。手にまるい大きな風呂敷包みをぶらさげていた。彼は、本能的に十手をにぎりしめて、そのあとを追った。

跫音《あしおと》をたてなかったつもりだが、ぱっと鴉《からす》のように伊織はふりかえって源次を見て、顔色をかえた。

「これあ、鮫ヶ橋の親分、拙者《せっしゃ》に何か用ですか」

卑屈《ひくつ》な笑《わらい》が、かえって源次に疑いを起させた。彼は、じろっと伊織の風呂敷包みに眼をやった。

「実は、さっき、このちかくに泥棒が入ったのでね。すまねえが、そのおもちになってるものを、ちょっと見せておくんなせえ」

「泥棒？」

伊織は頓狂《とんきょう》な声を発して、源次の顔をじっと見つめた。

「無礼だろう、拙者が泥棒といわれるのか」

「腹をたてるなら、その包みを見せてからにして下せえ」

——朝はまだはやかったので、ほかに人影もない寺の境内に、緊迫した空気がながれた。しかし、その空気には、どこか、へんにくいちがった感じがあった。

源次の方は彼独特のカンから、でたらめのさぐりを入れているのにすぎなかったが、伊織の方は皮膚がそそけ立ってきた。風呂敷包みの中にあるのは、まさに大老の首だったからだ。その恐怖もさることながら、あきらかに源次が、それを大老の首とは知らないで職務質問をやっているらしいことに、六郷伊織は歯ぎしりしたいような思いであった。

彼はこの数日、首を井伊家に売りこむことにつとめた。しかし、じぶんの首を賭けずにはどうしても不可能だった。へたに首を世間に曝《さら》したところで、その首は偽物である、大老は存《ぞん》生《しょう》していると強引にしらばくれられそうな気配があると見てとって、彼はついに井伊家に売りこむことを断念した。それに寒い日がつづいたとはいえ、さすがに首はあちこちと紫ばんで、傷や唇が暗褐色にかわき、いやな匂をたてはじめたのに閉口《へいこう》したのである。そのくせ眼だけが、ふしぎに異様な光沢を失わないのが、いっそうぶきみであった。

そこで彼は、これを水戸家の方へ売りこもうとした。むろん表立って水戸家の方で買うわけはないが、大老を襲った浪士のみならず、水戸全藩が井伊に骨肉をすすってもあき足りないほどの恨みをいだいていることはあきらかだから、その首を秘密に手に入れて心ゆくまで辱《はずか》しめてやりたいという連中は、きっと少なくないはずだと考えたのだ。そこで、やはり水戸浪人で、もと同志だった男と、やっとけさここで交渉をするだんどりまでにこぎつけたのであった。

何ならこの目明しを仲介に、もういちど井伊家へ?――と、ちらっとそんな考えがあたまをかすめたが、この男が井伊家のものではなく、公儀の、しかも煮てもやいてもくえない人間であることを思うと、この窮地をのがれるには、千番に一番の逆手をつかうよりほかはないと伊織は考えた。

「よし、見せてやる。見ずにはすまさねえお前さんだろう。……しかしな、親分、この風呂敷包みをあけるまえに、ちょっとお前さんに話がある」

急にふてぶてしく居直った感じなのに、源次があきれて見まもると、

「源次、無学文盲なその方ごときにはわかるまいが、天下の大勢は一変いたしたのだぞ。大老

が堂々お城の外で首をとられたのがその証拠だ」

「な、なにを――」

「その方も、江戸じゅう数千数万の志士に首を狙われておることを承知しておるか？　おれはその評判をそれとなくきいたことがある。かならずその方をとらえ、土中にうめて竹鋸《たけのこ》でくびをひくか、山葵《わさび》下ろしで鼻をスリおろしてやろうと、命しらずの猛虎どもが腕まくりしておるとか――」

源次の顔がゆがんだ。眼がひかりを失って動揺した。どんな脅しにもせせら笑ってきた男が、胴ぶるいしはじめた。じぶんでも、この野郎、と思う。それが両足の下から、冷たいものがすうっと腹の方へふきあげてきて、ガタガタとふるえ出すのを禁じ得ないのであった。

伊織は、しめた、と思った。わざと仮面のような無表情で、

「それさえ承知なら、この風呂敷包みの中を見せてやる」

と、地面においたものの風呂敷包みをといた。紫がかった大老の首があらわれた。源次の全身は凍りついてしまった。必死にさがしもとめた首はこれだ。しかし。――

「きさまも、こうなりたいか？」

伊織はうす笑いした。

「大将すらもかくのごとし。きのどくだがきさまが浪士の天誅をまぬがれることはまずむずか

しかろうな」

糸がきれたように、源次はヘタヘタと崩折《くずお》れた。恐怖の突風につきあげられて、じぶんがどうにもならなかった。

「た、た、助けておくんなさい――」

そう言おうとしたが、歯がカチカチと音をたてて、のどのおくからへんな息がもれた。しかし伊織はそれをききとった。そっくりかえった。

「うむ、いまお前が知らぬ顔をしていてくれるなら、お前の好意は浪人どもにつたえておこう。そうしてくれたということは、明日にも時勢一新、水戸の御老公が出馬なされて、われわれが反動一味をさばくさい、お前の首の大きな保証になるぞ」

そのとき、突然、背後であわただしい跫音が起った。伊織ははっとしてふりむいたが、それが女であることを見とめると、けげんな表情で見まもった。

「お前さん、こんなところに入ってたのかい」

と、女は息をきりながらいった。源次の女房のおむらであった。さっき源次が家をとび出したのを、てっきり妾のところへゆくのだとみて、狂ったように追っかけてきたのだが、この寺のまえの安珍坂でふいに見失って、血相をかえてさがしていたのだ。

かけよって、源次の胸ぐらをつかもうとして、はじめてもう一人の男に気づき、またそのあいだの地面におかれた生首に気がついて、のどの奥で何かさけんで、棒立ちになった。

「井伊のお殿さまのお首だ」

と、源次は坐ったまま、しゃっくりのようにいった。

そのとたんおむらはとびさがった。それが恐怖の行動ではなかったことは、次の瞬間にわかった。彼女は大地にひれ伏して、うやうやしく礼拝したのである。それから、まばたきしながら伊織を見あげて、

「お、お前さん、この方は井伊さまの御家中の？」

「いや、これあ殿さまのお首をとった御浪人衆のおひとりで——」

ちがう！　と伊織が叫ぼうとしたとき、おむらは凄まじい眼で伊織をにらんだ。

「お前さん！　それなら何してやがるんだ。なぜはやくつかまえないんだ！　むささびの源次ともある目明しが、なにをマゴマゴしてやがるんだえ？」

源次の背なかを丸太ン棒でぶんなぐるような声であった。

「見な、ようく見な、殿さまの眼を！」

源次は、首の眼を見た。薄濃《はくだみ》のなかにそこだけ異様なひかりを放って、爛《らん》としてこちらをにらみつけている二つの眼！　それこそは、さっき伊織の脅した「数千数万」の不逞浪士のなかへ、血ぶるいしてじぶんをかけむかわせ、巌《いわ》のごとくうごかなかった巨人の眼であった。源次

の全身が、何かを注入されたようにふくれあがった。

「御用だ!」

仰天しつつ抜き打とうとする六郷伊織の腕に十手がとび、のけぞったくびに捕縄《ほじょう》がからみついた。

たちまち蓑虫《みのむし》のようになってもがく伊織の背をどんと蹴って、

「この野郎、さんざんひとを脅しゃがって、……いま、殿さまの敵《かたき》をうってやるから覚悟しゃがれ」

と、むささびの源次は汗をふいた。

「おい、おむら、おれはこいつをしょっぴいてゆくから、おめえ、その首をもってついてきてくれ。大切におつつみ申しあげるんだぞ」

といったが、ちょっと、考えて、

「いや、おめえに持たしちゃおそれ多い。おれが持ってゆこう。おめえ、そいつをひいてさきにゆけ、何、あばれりゃ、くびがしまって、てめえが御陀仏《おだぶつ》になるだけよ」

「さあ、あるきゃがれ」

と、おむらは縄じりでびしっと伊織の尻をたたいた。その顔は、源次よりももっと厳格であった。

さきにおむらが伊織を追いたてて、山門を出た。十歩おくれて、首を包みなおした源次が出ようとした。そのとき門のかげから、すうっと黒い影がすべり出した。

源次が、はっとして見あげて、宗十郎頭巾《そうじゅうろうずきん》のあいだからのぞいたきれながの眼に、何やらさけび出そうとしたとき、氷のような一閃《いっせん》がほとばしって、声もなく彼は地に斃《たお》されていた。

六

柳橋《やなぎばし》の若手では、いちばん売れっ妓《こ》の小蝶《こちょう》は、家を出ようとしてとじた傘をななめにさげたまま、憂わしげに夕空をながめた。三月も半ばになろうとしているのに、もういちど雪でもきそうな底冷えのする日であった。

張りのある黒い瞳がうるんだり、いらいらしたり、もう三日になる。彼女はそのあいだ、ずっと休んでいた。しかし何度めかの迎えの駕籠《かご》をよこされては、もうそうしていられなかった。

路地の外に待っている駕籠の方へ、ようやく彼女が気をとりなおして、あゆみ出そうとしたとき、その路地を、すうっと宗十郎頭巾の男が入ってきた。

「あっ、お前さん」

彼女は上ずった声をあげてすがりついた。

「だまって家を出て、三日もかえってこないなんて、ひどい、ひどいじゃあないの。あたし、どんなに心配したか――」

声が半分泣いている。その姿態は、柳橋では、決して見せたことのないひたむきなものであった。男はその肩を抱いて、眼で笑ってうなずいた。

「すまなかったな。思いがけぬ急用ができたのだ」

「思いがけぬ急用?」

女の眼が不安そうに男をのぞいた。

「お前さん、まさか……またあの病気にかかったんじゃないでしょうね」

「病気か」

と、男は苦笑したが、

「いや、お前にもよろこんでもらえることなのだ。まあ、うちへもどれ」

と、いって、さきに路地の奥の小さな家に入っていった。小蝶は、そのとき亭主の檜兵馬《ひのきひょうま》が片手に大きな風呂敷包みをぶらさげているのをみて、ちょっとけげんな顔になったが、すぐいそいそと駕籠をことわりにはしり出ていった。

小蝶が家にもどってくると、兵馬はすでに頭巾をぬいで、腕をくんで坐っていた。前にさっきの包みがある。

「お前さん、うれしい話ってなあに？」

「まあ坐れ。実は、水戸へ帰参できる見込みがついた」

「えっ、水戸へ？」

女の声がさっと蒼ざめるのをみて、兵馬は微笑した。

「いや、心配するな。お前はおれの女房だ。ほんとうに苦労をかけた。礼をいう」

「——いったい、ど、どうしたってのさ？」

「まず、これをみろ」

風呂敷からあらわれた首をみて、小蝶は唇をあけ、大きく息をすいこんだ。

「この三日、桜田門外で同志にうたれた大老の首級《しゅきゅう》だ」

彼はその一挙のために、水戸藩を脱走した連中のひとりだった。さっき小蝶が病気といったのは、当時彼らがいくどかこの家にも会合して、大老をはじめとして幕府の首脳をうち、江戸城や横浜の異人館などを焼打ちする計画を、熱病のように論じあったことをさすのだ。——しかし、その一挙の直前に、兵馬は一味からはなれたはずなのに。——

「おれがまだこの首をとる仕事にかかわりあっていたのかと、お前がふしんに思うのはもっともだ。いや、おれは、完全にはなれていたのだ。ところが、三日まえ、六郷というむかし同志だった男から、大老の首を手に入れたが水戸の方で要らぬかという話がきた。もとは同志だったが、水戸の人間ではないし、胡乱《うろん》くさい男なので、はじめまさかと思っていたが、それが嘘ではないとわかったのだ。それでおれは小石川の藩邸の重役たちに話をしにいった。すると――むろん極秘のことだが、その首を是非買おうということになったのだ。なにせ、御老公をはじめ水戸一藩を目の敵にして、事と次第では取潰《とりつぶ》しさえしかねなかった暴虐無惨の巨魁《きよかい》だったのだからなあ。そして、そのついでに、おれにも、その首土産に帰参せぬかという話なのだ。首をとった連中も、この首が、大獄で死んだ同志たちの墓前に供えられるときけば、満足して涙をながすだろう。おれは盟約をはなれて、正直なところ苦しんできたが、……こういう奔走で義挙の仕上げができるとは本望だ。眉がのびた。胸が霽《は》れた。お前にだまってやったことはわるかったが、どうかおれの武士をたてさせてくれい」

小蝶はだまっていた。それを気にかけぬ風で、兵馬ははたと首をにらみつけて、

「さきの大獄で、御家老安藤帯刀《たてわき》どのをはじめ殉忠の人々を殺戮《さつりく》し、なかんずく鵜飼《うがい》幸吉のごとき、京より密勅を奉じて参ったというだけにて、武士にもあるまじき獄門に梟《か》けおった大魔王め、思いしったか」

と、怒りにふるえる手で髷《まげ》をつかんだ。髪はひとつかみ、頭皮からぬけた。大独裁者の首は、死後硬直がとけてゆるんできたとみえて、ニンマリと笑っているような表情にみえた。

「よして――よして下さい」

小蝶は叫ぶようにいって、それから白い手を顔にあてて泣き出した。

「いや、いや、いやです」

首へのにくしみにまかせて、女のまえで、はしたないことをしたと気がついて、彼は小蝶の肩に手をかけた。

「ゆるせ、もうせぬ、それより、いっしょに国へいってくれるな？」

「いや、いやです」

兵馬は愕然《がくぜん》とした。

「なんだと？　小蝶、何をいう」

「そのお首をもってゆくのはいやです。そんなことはしないで――」

「ばかなことを申すな、この首あればこそ、帰参できるのではないか」

小蝶は顔をあげて、じっと兵馬を見つめた。

「お首をもってゆくのなら、なぜあなたは桜田へゆかなかったのです。ひとさまが生命をかけてとったお首を、いちど仲間からはなれたおひとが、手柄顔してもってお国へかえろうなど、お前さんらしくもない。卑怯《ひきよう》なまねでございませぬか」

鞭《むち》うたれたように兵馬は手をはなしていた。まったく予想もしていなかった言葉が、思いがけぬ人間の口から出たことに驚愕したのだ。

「お前はおれが、同志を裏切ったというのか?」

猛然として兵馬はさけんだ。

「おれは裏切りはせぬ。襲撃以外に色々な仕事があったのだ。げんに一挙の指導者たる金子どのも高橋どのも、その直前に一味をはなれて京に上られた。おれも同志のゆるしを快く得て、はなれたのではないか」

歯がみしていいながら、なぜか兵馬は小蝶の眼に眩《めくるめ》くようであった。純で、無智な眼だ。が、涙は恐ろしいきらめきを放った。

「小蝶、お前の口からそんなことをきこうとは思わなんだ! お前がそんなことをいうなら、おれもいう。おれが同志を裏切ったとするならば、裏切らせたのはお前ではないか。あのとき一味からはなれるように、泣いてとめたのはお前ではなかったか!」

小蝶はくびをだだっ子みたいにふった。泣きじゃくりながらいった。

「あたしはあなたにすすめました。そしてあなたは、それを、得心なさんした。あれは悪いことではございませぬ。裏切りではございませぬ。そう思えばこそ、お仲間の方々が、笑ってふたりをゆるして下すったのではありませぬか」

兵馬は目をとじた。そうであった。あのとき、おれは同志を裏切ったという意識は毫《ごう》もなかった。そして同志のだれもが、たしかに明るい好意の眼で見まもってくれたのだ。

恋がひたむきであったと同時に、小蝶がだれからも好かれたせいもある。その愛すべき女の唇が、可憐にわななきつつ、いま恐ろしい言葉をつぶやくのだ。それゆえに同志の人々に愛された天真な直言が、いま矢のようにじぶんにむけられているのであった。

「あなたがお仲間を裏切りなさんしたのは、たったいまです」

兵馬は石のように、身じろぎ一つしなかった。唇は膠着《こうちゃく》したきりであった。

外は雪になったか、四辺は急に、寂《せき》と物音を絶った。ふたりはだまって坐っていた。ふたりとも、眼がおびえていた。こんなことはいままでにいちどもなかった。

「おれは汚《けが》らわしい男だった！」

と、ついに兵馬はうめいた。小蝶はがばと前に伏し、肩をふるわせていった。

「それでも、あたしはあなたが好きです」

「おれは、お前を国へつれてかえる資格はない。ここでいっしょに暮らしてゆく資格もない」

「あたしは、あなたからはなれませぬ」

「どうすればいいのだ、おれはどうすればいいのだ！」

もう障子は雪あかりだけであった。朧《おぼ》ろなひかりの中に、檜兵馬の鬢《びん》はそそけだち、惨とした眼《まなこ》がうつろに空《くう》をさまよった。

どうすればいいのだとは、小蝶にきく言葉ではなく、おのれにきく言葉であった。ふたりは恋のために剣を棄てた。そしてふたりはこのうえなく幸福であった。そこへ生首がふと舞いこんだのだ。男のこころに醜《みにく》い迷いが生じた。女がそれを見た。そして幸福な恋は終った。——女はゆるすであろう。いや、すでにお前は好きだ、はなれないといっている。しかし男はもはやおのれをゆるすことはできなかった。

「お前さん！」

ふいに恐怖して女がさけんだ。

男はなお凝然として宙を見つづけていた。うすい虚空に、白い雪を蹴たてて走ってゆく同志の群像のまぼろしが満ちた。どこかでどよめくような声がきこえた。来い——来い——桜田へ来い。——

ほっ——と、吐息をもたらして、彼はわれにかえった。

「小蝶、いま誰かおれを呼びはせなんだか？」

「——いいえ」

兵馬は、総身水をあびたような顔色であった。

「小蝶、おれといっしょにどこまでもいってくれるか」

「ゆきます、お前さん、たとえお国でも——」

兵馬はぐいと小蝶をひきよせ、抱きしめてひくくつぶやいた。

「いいや、国ではない」

七

三月十五日、江戸はふたたび雪に明けた。

その夜明方、桜田御門の外で、若いふたりの男女が死んでいるのが発見された。美しい春の牡丹《ぼたん》雪にうずまった屍骸の様子から、どうやら心中らしいと見きわめるよりさきに、その傍に置いてあった首に気がついた通りがかりの武士が、やがてその首を抱いて、狂気のように井伊邸にかけこんでいった。

まもなく、井伊家の公用人の宇津木六之丞は、何度めかの、公儀への届け書をかいていた。

「掃部頭儀、頭痛のところ、追々全快いたし候えども、持病の症癪度々さしひきあり、そのうえ疼痛にて菜食も相進まず……」

突然、彼は大きな笑い声をきいたように思った。「虫けらどもが！」掃部頭のくせの、巨大な哄笑《こうしょう》であった。六之丞はちらっと傍に安置された首を見た。大老の首は、満面液汁でぬれたようになり、いよいよ唇がゆるんで大きく口をひらいたまま、例の眼だけが厳然として彼を見下ろしていた。

が、この忠実な公用人は、すぐにもちまえの仮面のような無表情になり、ノロノロと筆をはしらせつづけた。

「手足の血冷えて次第に虚診になり、急変の儀もはかりがたき容態の趣き、竹内道玄さま申しつけられ候。此段一応申しあげ候……」

P+D BOOKS ラインアップ

マルジナリア	澁澤龍彦	●欄外の余白（マルジナリア）鏤刻の小宇宙
少年・牧神の午後	北 杜夫	●北杜夫 珠玉の初期作品カップリング集
宿敵 上巻	遠藤周作	●加藤清正と小西行長 相容れない同士の死闘
親鸞 2 法難の巻（上）	丹羽文雄	●人間として生きるため妻をめとる親鸞
親鸞 3 法難の巻（下）	丹羽文雄	●法然との出会い……そして越後への配流
魔界水滸伝 3	栗本 薫	●葛城山に突如現れた〝古き者たち〟
白と黒の革命	松本清張	●ホメイニ革命直後 緊迫のテヘランを描く
廻廊にて	辻 邦生	●女流画家の生涯を通じ〝魂の内奥〟の旅を描く

P+D BOOKS ラインアップ

親鸞4 越後・東国の巻（上） 丹羽文雄 ●雪に閉ざされた越後で結ばれる親鸞と筑前

親鸞5 越後・東国の巻（下） 丹羽文雄 ●教えを広めるため東国に旅立つ親鸞

親鸞6 善鸞の巻（上） 丹羽文雄 ●東国へ善鸞を名代として下向させる親鸞

親鸞7 善鸞の巻（下） 丹羽文雄 ●善鸞と絶縁した親鸞に、静かな終焉が訪れる

魔界水滸伝4 栗本薫 ●中東の砂漠で暴れまくる〝古き者たち〟

魔界水滸伝5 栗本薫 ●中国西域の遺跡に現れた〝古き者たち〟

魔界水滸伝6 栗本薫 ●地球を破滅へ導く難病・ランド症候群の猛威

魔界水滸伝7 栗本薫 ●地球の支配者の地位を滑り落ちた人類

P+D BOOKS ラインアップ

志ん生一代（上）	結城昌治	● 名人・古今亭志ん生の若き日の彷徨を描く
志ん生一代（下）	結城昌治	● 天才落語家の破天荒な生涯と魅力を描く
残りの雪（上）	立原正秋	● 里子と坂西の愛欲の日々が終焉に近づく
残りの雪（下）	立原正秋	● 壮大なスケールで描く超伝奇シリーズ第一弾
宿敵　下巻	遠藤周作	● 無益な戦。秀吉に面従腹背で臨む行長
詩城の旅びと	松本清張	● 南仏を舞台に愛と復讐の交錯を描く
虫喰仙次	色川武大	● 戦後最後の「無頼派」、色川武大の傑作短篇集
熱風	中上健次	● 中上健次、未完の遺作が初単行本化！

（お断り）

本書は１９９７年に角川春樹事務所より発刊された文庫を底本としております。
あきらかに間違いと思われるものについては訂正いたしましたが、
基本的には底本にしたがっております。
また、底本にある人種・身分・職業・身体等に関する表現で、現在からみれば、
不当、不適切と思われる箇所がありますが、著者に差別的意図のないこと、
時代背景と作品価値とを鑑み、著者が故人でもあるため、原文のままにしております。

山田風太郎（やまだ ふうたろう）
本名：山田誠也。1922年（大正11年）1月4日—2001年（平成13年）7月28日、享年79。兵庫県出身。1949年『眼中の悪魔』および『虚像淫楽』により第2回探偵作家クラブ賞短編賞受賞。代表作に『魔界転生』、『柳生十兵衛死す』など。

P+D BOOKS

ピー プラス ディー ブックス

P+Dとはペーパーバックとデジタルの略称です。
後世に受け継がれるべき名作でありながら、現在入手困難となっている作品を、B6判ペーパーバック書籍と電子書籍で、同時かつ同価格にて発売・配信する、小学館のまったく新しいスタイルのブックレーベルです。

幻妖桐の葉おとし

2015年12月13日　初版第1刷発行

著者　山田風太郎
発行人　田中敏隆
発行所　株式会社　小学館
〒101-8001
東京都千代田区一ツ橋2-3-1
電話　編集　03-3230-9355
販売　03-5281-3555
印刷所　中央精版印刷株式会社
製本所　中央精版印刷株式会社
装丁　おおうちおさむ（ナノナノグラフィックス）

ISBN978-4-09-352245-8

P+D BOOKS